Eva M. Sirowatka

Die Kraniche kehren wieder

Ein Ostpreußenroman

Husum

Umschlagbild: Eva M. Sirowatka, „Die Kraniche kehren wieder“, 1983

CIP-Kurztitelaufnahme der Deutschen Bibliothek

Sirowatka, Eva M.:
Die Kraniche kehren wieder : e. Ostpreussenroman /
Eva M. Sirowatka. – 2. Aufl. – Husum :
Husum Druck- und Verlagsges., 1985.
(Husum-Taschenbuch)
ISBN 3-88042-211-7

2. Auflage 1985

Satz: Fotosatz Husum GmbH
Druck und Verarbeitung: Husum Druck- und Verlagsgesellschaft
Postfach 1480, D-2250 Husum
ISBN 3-88042-211-7

I

Ein tragisches Geschehen

Das Frühjahr kam zeitig in jenem Jahr. Der Palmsonntag, der in den Anfang des April fiel, war mild und sonnig. Nur in den Tiefen des Waldes, dort, wo die Sonne selten hinkam, lag noch Schnee. Im Buchenwald blühten die Leberblümchen so dicht wie ein blauer Teppich, hier und da leuchtete hellrosa der Seidelbast.

Am frühen Nachmittag des Palmsonntags traf sich das junge Volk aus Woreinen am See. Der Franz Kramkowski hatte die Ziehharmonika mitgebracht. Nun hockte er auf einem Baumstumpf, grinste und spielte lustige Weisen. Man sang, man lachte und scherzte und freute sich seines Lebens. Auch die Lydia Bartnik und der Ernst Konopka fehlten nicht. Wenn sie auch noch keine Ringe trugen, so waren sie doch schon so gut wie verlobt.

Lydia, die älteste der fünf Bartnikschen Kinder, ein freundliches, stilles Mädchen, war bald nach der Schulentlassung mit den anderen Mädchen des Dorfes in die Kultur zur Arbeit gegangen. Lydia sparte jeden Groschen für ihre Aussteuer. Den größten Teil ihrer Wäsche aber, die Bettwäsche, Tischtücher und Handtücher, hatte sie selbst auf dem alten Webstuhl gewebt, der oben auf der Lucht[1] stand: Ballen um Ballen grobes, graues Leinen, das sie auf der Wiese hinter dem Haus bleichte, aus dem sie dann die Wäsche zuschnitt und auf Barbchens Nähmaschine selber nähte. Eine ganze große Truhe voll Aussteuerwäsche war auf diese Weise zusammengekommen, Wäsche, die so haltbar war, daß sie Generationen überdauerte. Ernst Konopka bekam ein tüchtiges und umsichtiges Mädchen zur Frau, wenn auch nicht gerade eine Schönheit; vielleicht wirkte Lydia etwas farblos, doch auch nicht unansehnlich und gerade gewachsen, dazu überall beliebt und wohlgelitten.

Vielleicht war die Lydia an jenem Nachmittag am Woreiner See ein wenig stiller als gewöhnlich, doch da sie ohnehin nie viel sprach, fiel das nicht weiter auf. Nur Anna Quittek, die mit Lydia befreundet war, erinnerte sich später, daß ihre Freundin schon damals über starke Kopfschmerzen geklagt hatte. Lydia hatte sich eine kleine, unscheinbare Wunde an der Oberlippe zugezogen, die sie ihr zeigte. Wie es geschehen war, wußte Lydia nicht zu sagen. Wahrscheinlich war Schmutz in die Wunde gelangt, denn die Oberlippe hatte sich entzündet und schmerzte.

---

[1] Boden

Lydia ließ sich aber weiter nichts anmerken. Nicht einmal zu Ernst Konopka hatte sie etwas davon gesagt. Sie ging nur früher als die anderen heim.

Wie immer erschien Lydia am Montagmorgen in Jagen achtzehn pünktlich zur Arbeit. Sie hatte sich das Kopftuch tiefer ins Gesicht gezogen, so daß niemand die nun stark geschwollene Oberlippe bemerkte.

An diesem Vormittag setzten sie Kiefernpflänzchen in den sandigen Boden der Schonung. Nach dem gestrigen Sonntag wollte die Arbeit niemand so richtig schmecken. Die Zeit schlich nur langsam vorwärts. Endlich war die Frühstückspause gekommen.

Man setzte sich am Rand des Waldes auf das weiche Moos und begann zu essen. Lydia beteiligte sich nicht an der lebhaften Unterhaltung, die sich um die kleinen, harmlosen Erlebnisse des vergangenen Sonntags drehte.

Nun erst fiel Anna Quittek auf, wie verändert die Freundin war.

„Hast du noch Schmerzen?" fragte sie besorgt. „Du siehst so blaß aus!" Aufmerksam betrachtete sie Lydias Gesicht.

„Du solltest dich beim Förster krankmelden und heimgehen", bat sie eindringlich. Lydia schwieg. „Deine Lippe ist stark geschwollen. Du hast überhaupt fiebrige Augen!"

Lydia zuckte mit den Schultern. „Wegen dem bißchen soll ich krankfeiern?" meinte sie. „Was würde die Babka sagen, wenn ich schon am Vormittag heimkomme? Nein, Anna, ich bleibe bis Feierabend! So schlimm ist es schon nicht."

Man ging wieder an die Arbeit. Die Sonne stach, da es auf Mittag zuging, heiß. Die Mädchen zogen ihre Jacken aus. Auf einmal wurde es Lydia schwarz vor den Augen. Alles drehte sich um sie – dann wußte sie nichts mehr. Als sie wieder zu sich kam, lag sie auf weichem Moos im Schatten einer hohen Tanne. Anna war über sie gebeugt und versuchte ihr aus der blauen Kaffeeflasche etwas Kaffee einzuflößen. Versehentlich berührte sie dabei Lydias Lippe. Diese schrie vor Schmerz auf. Dadurch wurde der Förster, der die Mädchen bei der Arbeit beaufsichtigte, alarmiert. Er kam herbei und fragte, was geschehen sei. Anna erklärte ihm kurz das Wichtigste. Besorgt sah auch er sich Lydias verschwollenes Gesicht an.

„Bring deine Freundin sofort nach Hause", sagte er entschieden, „und sorge dafür, daß Lydia zu Bett geht. Es wäre am besten, wenn man den jungen Arzt aus Krottken holen ließe."

Lydia schüttelte den Kopf. Niemals würde sie einer solchen Bagatelle wegen den Doktor holen! Sie fühlte sich auch schon wieder besser. Doch als sie sich erhob, merkte sie, wie schwach sie auf den Beinen stand. Es war schon das beste, wenn Anna sie heimbrachte. Großmutter würde bestimmt Rat wissen.

Man könnte auch die Ottka holen, die Kräutersche aus Woreinen, die in solchen und ähnlichen Fällen zu helfen wußte. Sie würde ihr einen Trank brauen oder etwas Heilendes auflegen.

So machten sich die beiden Mädchen auf den Heimweg. Zum größten Teil führte er durch den Wald. Anna stützte die Freundin. Sie kamen nur langsam voran. Plötzlich hörten sie ein Fuhrwerk kommen. Es war Johann Mrogenda, der Knecht des Seepächters Warnat, der in Krottken Fische abgeliefert hatte. Auf dem Kastenwagen vorn neben ihm war noch Platz für die Mädchen. Johann, in seiner ruhigen, bedächtigen Art, fragte nicht viel. Er merkte auch so, daß irgend etwas mit Lydia nicht in Ordnung war.

Bald hörte der Wald auf. Langsam fuhr der Pferdewagen auf sandigem Weg einen Hügel hinauf. Nun lag das Dorf mit dem See vor ihnen.

An diesem schönen Tag war das ein herrlicher Anblick, doch Lydia sah alles nur wie durch einen Schleier.

Der blau schimmernde See blinkte in der Sonne, im Wind wehten die zarten Äste der Birken am Wegesrand. Der Frühlingswind schlug leichte Wellen in die junge, grüne Saat, die nach dem letzten Regen fast sichtbar gewachsen war. Lydia bemerkte das alles nicht. Sie spürte nur das fortwährende Bohren und Tikken in ihrem heißen Gesicht. Der Schmerz zog sich von der Oberlippe bis zu den Schläfen hin.

Endlich hielt das Fuhrwerk vor dem elterlichen Anwesen. Johann und Anna halfen Lydia vom Wagen. Dann begaben sich die Mädchen ins Haus.

An diesem Vormittag war nur die Großmutter Bartnik, die Babka, daheim. Lydias Mutter half bei Warnats beim Frühjahrssaubermachen, der Vater arbeitete im Wald beim Wegeausbessern. Die jüngeren Geschwister waren in Krottken in der Schule. Die Kinder mußten den weiten Schulweg dorthin machen, da Woreinen keine eigene Schule besaß.

Anna und Lydia traten durch den Hausflur in die große Stube, in der sich das Familienleben abspielte. Hier ging man den häuslichen Verrichtungen nach, empfing Freunde und Bekannte, und man aß auch hier. Nachts schliefen Lydias Geschwister in den Schlafbänken, die tagsüber als Sitzgelegenheiten dienten.

Lydia und die Babka hatten ihre Betten in der kleinen Kammer nebenan. Die Kammer der Eltern lag jenseits des Flurs auf der anderen Seite des Hauses. Nur von dieser Kammer aus war die dunkle, winzige Küche zu erreichen, die ihr Licht durch ein kleines Fenster erhielt, das zum Flur hinausging. Die Babka kam schnell aus der Küche. Es war außergewöhnlich, daß Lydia zu dieser Stunde aus dem Wald zurückkam.

Anna flüsterte leise mit der Alten, während Lydia sich erschöpft auf einen Schemel fallen ließ. Die Großmutter trat zu Lydia hin und betrachtete besorgt das geschwollene Gesicht der Enkelin. Dabei murmelte sie unverständliche Worte. Dann begab sie sich wieder in die Küche, wo sie sich am Herd zu schaffen machte.

Inzwischen half Anna der Kranken beim Auskleiden. Lydia fühlte sich so elend, daß sie alles wie in Trance wahrnahm. Erst als sie zwischen den kühlen Leinentüchern in ihrem Bett in der Kammer lag, wurde es ihr wohler. Bald darauf fiel sie in einen kurzen Schlaf. Als sie erwachte, sah sie die Großmutter und die Kräuterfrau aus Woreinen an ihrem Bett stehen.

„Laß mich einmal dein Gesicht anschauen, Töchterchen", sagte die Kräuterfrau mit ihrer hellen Greisinnenstimme. Ottka, das Kräuterweiblein aus Woreinen, hatte mit ihren selbstgebrauten Tränklein schon vielen Kranken geholfen, Menschen und Tieren. Obwohl sie hoch in den Achtzigern war, machte sie noch regelmäßig ihre Gänge durch Wald und Feld, um Kräuter, Beeren und Pilze zu sammeln. Sie kannte hunderterlei heilkräftige Kräuter. Von Doktoren und Apothekern hielt sie nichts.

„Die wollen nur euer Geld!" pflegte sie zu sagen. Sie selber verlangte für ihre Hilfe kaum etwas, doch sie nahm, was man ihr gab: einen Korb mit Kartoffeln, ein Säckchen Mehl, selbstgebackenes Brot, Eier, Speck oder eine Wurst aus dem Rauchfang.

Dr. Reimann, der junge Arzt, der sich vor einiger Zeit in Alt-Krottken niedergelassen hatte, erregte ihr größtes Mißtrauen. Sie tat das ihre, um zu verhindern, daß man ihn in Woreinen zu einem Kranken holte. Bisher hatte man in den meisten Fällen auch auf sie gehört. Eifrig machte sich die Kräuterfrau in der Küche zu schaffen. Sie bereitete einen heißen Brei aus Grütze, den sie in ein Leinensäckcken füllte, um es mit fachkundiger Hand auf das Gesicht der Kranken zu legen.

„Es ist zu heiß!" schrie Lydia gequält auf. „Ihr verbrennt mir das Gesicht!"

„Still, Töchterchen, still!" beruhigte sie die Alte. „Heiß ist gut, heiß heilt!"

Es schien auch wirklich zu helfen. Der heftige Schmerz ließ allmählich nach. Bald darauf fiel Lydia in einen tiefen Schlaf.

Es war schon Abend, als die Kranke erwachte. Von der großen Stube her drang vielstimmiges Gemurmel zu ihr in die Kammer. Vor dem Bett stand ihre Mutter, dahinter der Vater und Anna Quittek.

„Wie fühlst du dich jetzt, Lydia?" fragte die Mutter besorgt. Sie war eine kleine, schmächtige Frau, abgearbeitet und verhärmt.

Lydia versuchte zu lächeln. Es geriet zu einer jämmerlichen Grimasse. Nun, da sie wieder hellwach war, traten die Schmerzen stärker als zuvor auf. Zeitweise war Lydia ganz benommen.

„Wollen wir nicht lieber doch den Doktor holen?" fragte Lydias Mutter ihren Mann. Anton Bartnik schüttelte den Kopf. „Nein! Wir haben bisher keinen Doktor gebraucht, es ging auch ohne ihn! Morgen geht es Lydia bestimmt wieder besser. Wenn nicht, dann können wir immer noch nach ihm schicken."

Anton Bartnik war ein vorbildlicher Familienvater, ein tüchtiger und ordentlicher Mann, aber er duldete keinen Widerspruch. Nur sein Wort galt, und bisher hatte niemand in der Familie es gewagt, ihm zu widersprechen So schwieg seine Frau auch jetzt, obwohl sie spürte, daß es besser wäre, den Arzt kommen zu lassen.

Es wurde eine lange, bange Nacht, die Nacht von Montag zum Dienstag. Bis auf die Mutter hatten sich alle zur Ruhe begeben, doch konnten sie vor Sorge um Lydia lange nicht einschlafen. Dann aber forderte die Natur nach einem langen Arbeitstag doch ihr Recht.

Lydias Mutter hatte sich auf einem Schemel am Bett der Kranken niedergelassen. Unter dem abgeschirmten Licht der Petroleumlampe las sie in ihrem Gebetbuch. Immer wieder schaute sie sorgenvoll auf ihre Tochter. Lydia lag in einem unruhigen Schlaf. Sie wälzte sich von der einen Seite zur andern, wimmerte und stöhnte von Zeit zu Zeit, wenn die Schmerzen unerträglich wurden. Wenn sie erwachte, sah sie die Mutter mit seltsam abwesenden Blicken an. Einmal flüsterte sie kaum verständlich: „Holt morgen früh den Ernst, bevor er zur Arbeit geht. Ich möchte ihn noch einmal sehen."

Der Mutter krampfte sich das Herz zusammen. Stand es schon so schlecht mit der Tochter, daß sie glaubte, sterben zu müssen? „Ja, Lydia, der Ernst wird morgen fruh kommen. Er war auch abends hier, doch da schliefst du gerade. Wir wollten dich nicht aus dem Schlaf reißen."

Lydia schien die letzten Worte nicht mehr zu hören; sie hatte die Augen geschlossen, als schliefe sie schon wieder.

Frau Bartnik trat ans Fenster, das zum See hin lag. Sie öffnete einen Flügel. Ein feuchtherber Geruch nach Erde und Wasser strömte in die Kammer. Die Frau starrte mit großen Augen in die Dunkelheit. Schon kündigte östlich über dem See ein heller Schein den nahenden Morgen an. Eine innere Stimme sagte ihr, daß etwas Dunkles, Schweres auf sie zukam.

Einmal geht auch die längste Nacht zu Ende. Lydia, die einige Stunden im unruhigen Schlaf gelegen hatte, lag wach und wimmerte vor Schmerzen.

Jetzt, beim Morgenlicht, sah die Mutter ganz deutlich einen roten Streifen, der sich von Lydias Mund zur Schläfe hinzog. Sie erschrak. Ihr Entschluß stand fest. Nichts auf der Welt konnte sie nun davon abhalten, endlich den Arzt zu holen.

Obwohl Herbert Kühn sofort das Pferd sattelte und nach Krottken ritt, wo er den jungen Arzt aus dem Bett holte, dauerte es noch eine gute Stunde, bis Dr. Reimann mit seinem Wagen vor dem Bartnikschen Anwesen vorfuhr. Die Stube war gefüllt mit erregten Menschen. Es waren Verwandte, Freunde, Nachbarn, die Anteil an Lydia nahmen. Sie ahnten, wie schlecht es um die Kranke stand. Nun erhofften sie vom Arzt das große Wunder.

Dr. Reimann, ein Großstädter, hatte es besonders schwer, in diesen abgelegenen, zwischen Wäldern versteckten Dörfern Fuß zu fassen. Wenn er auch einige aufgeschlossene Leute fand, so begegnete man ihm in den Dörfern anfangs mit Mißtrauen und Ablehnung. Nach Woreinen kam er an jenem Tag zum erstenmal.

Die Großmutter führte den Arzt zu der Kranken in die Kammer. Außer der Mutter mußten alle hinausgehen, bevor er Lydia untersuchte.

„Sie ist ohne Bewußtsein", flüsterte ihm Frau Bartnik zu. Sie blickte ihn mit großen Augen an, aus denen Angst und Verzweiflung sprachen. Dr. Reimann erkannte sehr rasch, daß es hier für eine Rettung zu spät war. Die Blutvergiftung war zu weit fortgeschritten. Er konnte nur noch die Schmerzen lindern, wenn die Kranke überhaupt noch einmal das Bewußtsein wiedererlangte.

Später stellte sich heraus, daß die Lydia in der Kultur bei der Arbeit mit Saatbeize zu tun gehabt hatte. Es mußten Teilchen der Beize in die kleine, unscheinbare Wunde an der Lippe gekommen sein, sonst wäre es wohl nicht so schnell gegangen.

Lydia starb am späten Abend jenes Dienstages in der Karwoche. Sie wurde noch vor Ostern auf dem Friedhof in Alt-Krottken beigesetzt.

Der greise Pfarrer sprach zu Herzen gehende Worte vom Werden und Vergehen.

Viele Menschen waren dem Sarg gefolgt. Frauen und Mädchen schluchzten, als der Sarg ins Grab gesenkt wurde. Ernst Konopka sah um Jahre gealtert aus. Auch in den Augen des Anton Bartnik standen Tränen. Nur das Gesicht von Lydias Mutter blieb unbewegt, wie aus Stein.

Während man der Toten als letzten Gruß eine Handvoll Erde auf den Sarg warf, stieg aus dem benachbarten Acker eine Lerche jubilierend zum Himmel empor. Die Birken an der Friedhofsmauer wehten im Frühlingswind. Überall in der Natur erwachte neues Leben.

II

Die Begegnung

Die Seewiesen, die zum Warnatschen Besitz gehörten, lagen eine knappe Stunde Fußweg von Woreinen entfernt. Schon am frühen Morgen war Maria Warnat daheim aufgebrochen, um das Heu zu wenden, das Johann tags zuvor gemäht hatte. Wenn das Wetter hielt, konnte man Ende der Woche mit dem Einfahren beginnen. Es war ein schöner Junitag. In den Schonungen reiften die Walderdbeeren. Am Wege blühte die Arnika, tief im Wald hörte man den Kuckuck schreien.

Auf dem Rückweg hatte sich Maria in der Schonung aufgehalten. Die würzigen Walderdbeeren schmeckten in den Mund gepflückt am besten. Morgen wollte sie von daheim ein Körbchen mitnehmen, um den Ihren eine Kostprobe mitzubringen.

Nun führte der Weg durch Hochwald. Alte Buchen wuchsen hier; ihr Blattwerk ließ kaum einen Sonnenstrahl hindurchscheinen. Hohe Farne säumten den Weg.

Denselben Weg war der Vater vor zwanzig Jahren gegangen, als er auf einer Wanderung durch die Wälder zum ersten Mal nach Woreinen kam. Damals war er noch zur See gefahren. Im Familienalbum hatten sie ein Foto aus jener Zeit, das ihn in der Uniform eines Steuermanns der Handelsmarine zeigte. In Königsberg geboren und aufgewachsen, hatte der Vater als Seemann viele fremde Länder gesehen. Die Schönheit des südlichen Teils seiner Heimat Ostpreußen aber lernte er erst kennen, als er in jenem Jahr einen Urlaub bei seinem Vetter, dem Lehrer in Krottken, verbrachte.

Er war nur für eine Woche in diese weltabgeschiedene Gegend gekommen, wie er glaubte, und sollte doch später, nachdem er abgemustert und sich mit der schönen Elisabeth vom Seepächter Gusinski verheiratet hatte, für immer in dem kleinen Walddorf Woreinen bleiben.

Der Zufall spielt im Leben oft Schicksal. Wäre der Vater damals nicht gerade hierher gekommen und hätte er bei seiner Wanderung durch die Wälder nicht ihre Mutter getroffen, dann gäbe es sie, Maria, heute nicht auf der Welt. Dann wäre aber auch die Mutter, die bei der Geburt starb, wohl noch am Leben! Wer weiß, wie alles gekommen wäre!

Alles Grübeln und Nachdenken änderte ja doch nichts an den Tatsachen.

Wie oft hatte ihr der Johann, ihr Fischerknecht, von jener Begegnung erzählt. Er hatte Marias Mutter von klein auf gekannt – hatte er doch schon bei den Großeltern im Dienst gestanden.

Der Vater selber sprach fast nie von früher, schon gar nicht von der glücklichen Zeit an der Seite seiner Frau. Bis heute, nachdem nun schon achtzehn Jahre seit dem Tod der Mutter vergangen waren, schien er diesen Verlust nicht überwunden zu haben.

„Er war wie von Sinnen", hatte Johann erzählt; „damals, als deine Mutter kurz nach deiner Geburt starb. Tagelang hielt er sich im Walde versteckt. Wir wußten nichts und fürchteten, er hätte sich etwas angetan. Dann aber war er plötzlich wieder da und ging seinen Pflichten nach. Nur verändert ist dein Vater seitdem. Früher war er fröhlich und aufgeschlossen. Wie er heute ist – nun, das weißt du ja!"

Maria wußte es nur zu gut. Still war er und in sich gekehrt, ein einsamer Mensch, den man selten lachen sah. In jeder freien Minute zog er sich in sein Zimmer zurück und vergrub sich hinter seinen Büchern. Das ganze Zimmer war mit Regalen vollgestellt. Darin stapelten sich die Bücher der großen Dichter, Bücher über fremde Länder, aber auch botanische und philosophische Werke. Manchmal erschien es Maria, als habe der Vater über seinen Büchern das wirkliche Leben vergessen.

Es war noch ein Glück, daß sie den Johann hatten. Der kümmerte sich um alles, tat in der Landwirtschaft die Hauptarbeit, fischte im See und gab sich auch mit dem Verkauf von Fischen ab.

Johann stand Maria näher als der Vater. Er hatte sich ihrer von klein auf angenommen. Zu ihm konnte sie wie zu keinem anderen Menschen über alles sprechen, was sie bewegte und beschäftigte. Ihm vertraute sie auch jedes Geheimnis an.

In solche Gedanken versunken, war Maria zur Wegkreuzung gekommen. Von hier führte ein schmaler Pfad zum Woreiner See und zum Dorf, der eine wesentliche Abkürzung bedeutete. Bevor Maria jedoch den Weg überquerte, sah sie einen Reiter auf einem Rappen daherkommen. Sie blieb stehen, um Pferd und Reiter vorbeizulassen. Kurz vor ihr brachte der Reiter das Pferd zum Stehen. Er grüßte höflich und fragte: „Geht es hier zur Oberförsterei Birkensee?"

„Ja, immer geradeaus, bis zur nächsten Kreuzung, dann links abbiegen", gab Maria bereitwillig Auskunft. Der Fremde nickte lächelnd, grüßte und ritt weiter.

Diese Begegnung, die kaum länger als eine halbe Minute gedauert hatte, beschäftigte Marias Gedanken noch lange. Wer der Reiter wohl war? Sie hatte ihn nie zuvor gesehen. Der Rappe schien vom Gut Adlig Wiesen zu stammen, das jenseits des Sees lag. Sollte der Reiter der neue Gutsverwalter sein, von dem sie schon gehört hatte? Trotz der Flüchtigkeit dieser Begegnung hatte Maria sich sein Gesicht gut eingeprägt. Es war ein markantes Gesicht mit herrisch blickenden Augen. Der Jüngste war er wohl nicht mehr, eher Mitte als Anfang Dreißig.

Maria konnte sich nicht erklären, warum dieser Mann einen solchen Eindruck auf sie gemacht hatte. Gedankenversunken ging sie auf dem schmalen Pfad weiter, der an dieser Stelle so zugewachsen war, daß sie immer wieder Äste zur Seite schieben mußte, um vorwärtszukommen. Nun öffnete sich der Wald. Der See in seiner ganzen Schönheit lag vor ihr. Aus dem dichten Schilf am Uferrand hörte sie das Schnattern der Wildenten, die hier ihre Nester hatten. Maria blieb minutenlang stehen. Tief atmete sie den Ruch von Wasser, Harz und Schilf ein und schloß die Augen. Wie unvergleichlich schön war dieses Land!

Je älter sie wurde, um so mehr verwuchs sie mit der Heimat. Mit gemischten Gefühlen sah sie dem kommenden Herbst entgegen. Der Vater hatte sie auf die Doennigsche Kochschule in Königsberg angemeldet. Sie würde drei Monate diese Schule besuchen und zum ersten Mal länger von daheim fortbleiben. Die Königsberger Verwandten in der Weißgerberstraße am Schloßteich wollten sie bei sich aufnehmen. Tante Hermine war die einzige Schwester ihres Vaters, die einzige nahe Verwandte überhaupt.

Es würde eine abwechslungsreiche Zeit werden, die drei Monate in Königsberg, mit Theaterbesuchen, mit Fahrten nach Cranz oder Rauschen an die Ostseeküste, die auch in der kälteren Jahreszeit ihre Reize hatte. Und doch, Maria wünschte, diese Zeit wäre schon vorbei. Sie war bisher niemals länger als zwei Wochen von zu Hause fort gewesen. Kurz vor dem Dorf mündete der Pfad in die Dorfstraße ein. Als erstes Haus stand dicht am Waldesrand die baufällige Hütte der Ottka, des Kräuterweibleins von Woreinen.

Das letzte Haus des Ortes lag auf einer kleinen Landzunge, es war Marias Elternhaus. Von ihrem Platz am Waldrand konnte Maria die Dächer der Gehöfte durch das Grün der Bäume hindurchschimmern sehen. Aus einem Schornstein stieg Rauch auf. Barbchen, die ihnen die Wirtschaft führte, bereitete das Mittagessen. Heute sollte es Marias Leibgericht geben: Aalsuppe mit Dill und Salzkartoffeln. Allein schon der Gedanke daran machte Hunger. Maria schritt rascher aus.

III
Der Herrenabend

Für den dritten Mittwoch im September hatte Oberförster Senger aus Birkensee einige Gäste zu einem Herrenabend geladen: den Sägewerksbesitzer Guski, den neuen Verwalter aus Adlig Wiesen, Werner Herbst, den Amtsvorsteher Heinrich aus Krottken und den Hilfsförster Kleinschmidt.

Zu Beginn gab es ein warmes Essen, bei dem auch die Hausfrau anwesend war. Danach verzog sie sich gewöhnlich in das Kabinett nebenan.

Sie wollte nicht stören, die Herren waren gerne unter sich. In Gegenwart von Damen läßt es sich beim Jägerlatein nicht so frei plaudern. Und diverse Gläser Rum – nach dem ostpreußischen Rezept: Rum muß, Zucker kann, Wasser braucht nicht, zubereitet – lösen die Zunge.

Monika Kramkowski, die seit vorigem Martini bei Oberförsters in Stellung war, durfte die Herren bedienen. Sie war nicht zimperlich und überhörte manches, was für ein zartes Frauenohr weniger geeignet war. Auch bei Tisch bediente sie die Gäste, lief geschäftig zwischen Küche und Eßzimmer hin und her und servierte. Die Oberförsterin genoß den Ruf, eine vorzügliche Köchin zu sein. Das kinderlose Ehepaar war gastfreundlich, und das Forsthaus blieb selten ohne Gäste.

Die Oberförsterei, ein alter Holzbau, machte von außen keinen besonders ansehnlichen Eindruck, abgesehen von einer schönen, geschnitzten Vorlaube. Innen war das Haus viel geräumiger, als man es von außen vermutet hätte.

Das Essen schmeckte an diesem Abend ausgezeichnet. Als Hauptgericht gab es Schmorbraten mit Rotkohl, dazu Glühwein, der die Glieder wohlig wärmte und guttat, da das Wetter für die Jahreszeit schon sehr kühl und feucht war. Man konnte meinen, es sei bereits November und nicht erst Ende September.

Werner Herbst, ein Neuling in diesem Kreis, fragte bei Tisch seinen Nachbarn, den Amtsvorsteher Heinrich: „Wer ist eigentlich dieses Fräulein Monika? Ist sie eine Verwandte von Oberförsters?"

„I, wo denken Sie hin!" entgegnete der Amtsvorsteher schmunzelnd. „Das ist doch die älteste Marjell vom Baumeister Kramkowski aus Woreinen. Sie kennen doch sicher schon das kleine Walddorf am See?"

„Ja, ich bin einmal durchgeritten", erklärte der Gutsverwalter.

„Aber ich bin überrascht. Fräulein Monika macht direkt einen städtischen Eindruck."

„Sie versteht es, viel aus sich zu machen", meinte der Amtsvorsteher. „Hübsch ist sie, die Monika, verteufelt hübsch! Und sie weiß es auch, und es macht ihr sichtlich Spaß, den Männern den Kopf zu verdrehen. Wenn Sie aber meinen, die Monika wäre das hübscheste Mädchen aus Woreinen, dann irren Sie sich! Da müssen Sie erst einmal die Tochter vom Seepächter, die Maria, kennenlernen! Die ist aber zur Zeit wohl nicht daheim, sondern schon in Königsberg auf der Kochschule."

„Fräulein Warnat kenne ich leider nicht", erwiderte Werner Herbst. „Ihren Vater auch nicht. Aber dafür Johann, den Fischerknecht. Johann bringt uns immer die Fische aufs Gut. Ein Original, dieser Johann!"

„Von den Warnats könnte ich Ihnen einiges erzählen, doch . . ." Er kam nicht dazu fortzufahren, da Frau Senger ihn in ein Gespräch verwickelte.

Durch die Unterhaltung mit dem Amtsvorsteher neugierig geworden, nahm Werner Herbst sich vor, den Seepächter und dessen Tochter kennenzulernen. Spätestens im Frühjahr, wenn der Schnee geschmolzen sein würde, wollte er nach Woreinen reiten, um dem Seepächter seinen Antrittsbesuch zu machen. Dann war seine Tochter Maria auch wieder aus Königsberg zurück. Sonderbar, erst bei diesem Gedanken fiel ihm die Begegnung im Wald ein, die nun schon Monate zurücklag. Es war im Juni gewesen, zur Zeit der Heuernte, als er das schöne Mädchen im Wald getroffen und es nach dem Weg gefragt hatte. Er hatte immer gehofft, er würde die Schöne irgendwo wiedersehen, doch diese Hoffnung hatte sich bisher nicht erfüllt. Nun war er fast sicher, daß dieses Mädchen Maria Warnat gewesen war. „Darf ich Ihnen noch ein Stück Braten auflegen?" unterbrach Monika Kramkowski seine Gedanken. Sie stand mit der Bratenschüssel da, ein aufreizendes Lächeln auf den Lippen.

„Gerne, aber bitte nur ein kleines Stück!" erwiderte Werner Herbst zerstreut.

„Essen Sie nur tüchtig! Es ist genug da!" ermunterte ihn die kecke Schöne. Diese Bemerkung brachte Monika einen unwilligen Blick der Oberförsterin ein, wie die Frau des Oberförsters von den Waldarbeitern genannt wurde.

Monika war zweifellos ein fleißiges und intelligentes Mädchen. Sie hatte sich erstaunlich rasch in alles Neue eingefunden, was den Haushalt hier betraf. Doch in ihrer Art war sie viel zu dreist; auch schien sie eine leichte Ader zu haben. Man mußte auf diese Marjell ein wachsames Auge haben, schließlich fühlte sich Frau Senger als Dienstherrin für Monika verantwortlich.

Nach dem Essen verzogen sich die Herren in das sogenannte Jagdzimmer. Dort wurden die Rauchschwaden immer dichter, so daß man die einzelnen Köpfe kaum noch voneinander unterscheiden konnte. Nun wurden neben Grog noch diverse scharfe Schnäpse konsumiert, Wacholder und Steinhäger.

Monika versorgte die Herren mit heißem Wasser für den Grog und leerte die Aschenbecher. In ihrem schwarzen Kleid mit dem kleinen weißen Kragen und der weißen Schürze sah sie besonders hübsch aus.

Frau Senger hatte sich mit einer Handarbeit in das Kabinett nebenan verzogen. Sie lächelte verständnisvoll, wenn die Unterhaltung der Männer manchmal etwas laut wurde. Bei dem Jägerlatein, das hier verzapft wurde, bogen sich zwar nicht die Balken, wie man so schön sagt, doch bei dem darauffolgenden Gelächter klirrten die Gläser im Schrank.

Gerade hatte der Sägewerksbesitzer einen seiner derben Späße zum besten gegeben, und das Gelächter wollte kein Ende nehmen. Frau Senger schüttelte den Kopf und rief nach Monika, die gerade Buchenscheite im Ofen nachlegte.

„Für heute ist es genug, Monika“, sagte sie. „Du kannst jetzt schlafen gehen. Was es hier noch zu tun gibt, mache ich schon!“

Monika warf einen langen, bedauernden Blick in das Jagdzimmer hinüber. Sie wäre zu gerne bis zum Schluß geblieben, vor allem des jungen Hilfsförsters wegen. Doch sie wagte nicht zu widersprechen.

Monika hatte die Petroleumlampe neben sich auf die Kommode gestellt. Sie betrachtete aufmerksam ihr Gesicht im Spiegel, der in der Mansardenstube über der Waschkommode hing. Das Schwarz des Kleides brachte ihre zarte, elfenbeinfarbene Haut erst richtig zu Geltung. Aber mit ihrer Frisur war sie nicht zufrieden. Sie fand die Gretchenzöpfe, die sie um den Kopf gesteckt trug, langweilig. Am liebsten hätte sie sich die Haare kurz schneiden lassen, doch das erlaubte der Vater nicht.

Monika löste ihr Haar und steckte sich einen lockeren Knoten auf. Das sah schon viel besser aus. Nun zog sie sich noch einige der eigenwilligen Locken in die Stirn – das Ergebnis war verblüffend.

Sie fand sich nun fast genauso hübsch wie die stolze Sonja von Bronski, die Nichte der Besitzerin von Adlig Wiesen. Diese

Nichte lebte in Berlin und kam in jedem Sommer für längere Zeit zu Besuch auf das Gut.

Elegant war sie und schön, diese Sonja, immer nach der neuesten Mode gekleidet. Doch Monika war überzeugt, daß sie ihr nicht nachstehen würde, wenn sie sich auch so teure Kleider kaufen könnte.

Nun hörte sie von draußen das Geräusch eines vorfahrenden Pferdewagens. Rasch machte Monika die Lampe aus und trat ans Fenster.

Es war das Fuhrwerk von Adlig Wiesen. Der neue Verwalter stieg auf, und der Sägewerksbesitzer nahm schwerfällig neben ihm Platz.

Monika konnte beim Schein der Wagenlaterne alles genau beobachten.

Was war er für ein ansehnlicher und netter Mann, dieser neue Gutsverwalter! Der würde ihr auch gut gefallen. Natürlich nicht so wie der junge Hilfsförster Kleinschmidt, der kürzlich erst nach Neu-Krottken versetzt worden war. So wie der hatte sie noch nie ein Mann angesehen. Bei seinen Blicken war ihr ganz heiß geworden.

Vielleicht begegnete sie ihm einmal zufällig im Wald. Monika wagte kaum weiterzudenken, und bis ihr die Augen vor Müdigkeit zufielen, dachte sie an den jungen Förster. Dann aber schlief sie den tiefen, gesunden Schlaf der Jugend.

IV
Die Reise

Heinrich Warnat ließ es sich nicht nehmen, seine Tochter Maria selber mit dem Einspänner zur Bahnstation im Wald zu bringen. Maria hatte zwei große Koffer bei sich. Drei Wochen lang hatte das Barbchen für sie eine kleine Aussteuer zusammengenäht: Kleider, Blusen und Röcke. Das gutsitzende, graue Schneiderkostüm allerdings hatte nicht Barbchen, sondern der Schneider Preilowski aus Krottken angefertigt. Es saß wie angegossen und machte aus Maria eine richtige Dame.

Barbchen Schneidereit, die nach dem Tod Elisabeths versucht hatte, Maria die Mutter zu ersetzen, legte ihren ganzen Ehrgeiz darein, sie für die Königsberger Zeit aufs beste auszustatten. Maria sollte vor den Königsberger Verwandten bestehen können. Drei Monate – von Oktober bis Ende Dezember – sollte Maria in Königsberg bleiben und die Doennigsche Kochschule auf dem Steindamm besuchen, eine Kochschule, die weit über die Grenzen des Landes hinaus bekannt war. Maria hatte zwar schon bei Barbchen kochen gelernt, gute ostpreußische Hausmannskost wie Rote-Bete-Bartschsuppe, Rinderfleck und Königsberger Klopse, außerdem konnte sie backen und beherrschte auch die Kunst des Einweckens und des Wurstmachens.

Die Kochschule aber sollte Maria den letzten Schliff geben. Heinrich Warnat war ferner der Meinung, daß einige Monate Aufenthalt in der Hauptstadt Königsberg Marias Horizont erweitern würden. Deshalb waren auch Konzert- und Theaterbesuche vorgesehen. Vielleicht würde Maria sogar Gitarrestunden nehmen. Marias Mutter hatte auch Gitarre gespielt. Ihr Instrument hing nun in Marias Zimmer an der Wand.

„Hier ist Geld für die Reise und Taschengeld!“ sagte der Vater und steckte ihr eine neue Geldbörse mit reichlich Inhalt zu. „Geh und löse dir eine Fahrkarte zweiter Klasse.“

Maria dankte ihm. Der Vater sah ihr nach, als sie die Bahnstation betrat. Er hob die Koffer vom Wagen und brachte sie zum Perron.

Wie glich Maria doch ihrer Mutter, seiner unvergessenen Elisabeth! Nie war ihm das so aufgefallen wie heute. Maria war ganz und gar die Mutter, bis auf die grünblauen Augen, ein Erbteil der Warnats.

Wie rasch die Jahre vergangen waren! Er konnte sich gut an die Zeit erinnern, da Maria als kleine Marjell auf dicken Beinchen unbeholfen dahertapste. Nun war sie erwachsen. Vielleicht dauerte es nicht mehr lange, dann würde sie nicht nur für einige Monate, sondern für immer aus dem Haus gehen.

Jetzt erst erkannte Heinrich Warnat, wie wenig er sich in all den Jahren um sein Kind gekümmert hatte. Es war ihm selbstverständlich erschienen, daß in der Haus- und Landwirtschaft alles seinen Gang lief. Gleich nach Elisabeths Tod hatte das resolute Barbchen, eine entfernte Verwandte, die Hauswirtschaft in die Hände genommen. Die Arbeit in der Landwirtschaft und das Fischen im See besorgte Johann.

Er selber hatte sein stilles Leben gelebt, sich abgekapselt, ein Leben, in das die geliebte Tote mit eingeschlossen war. Auch in übergroßer Trauer um einen geliebten Menschen liegt ein gewisser Egoismus. Diese Erkenntnis kam ihm erst heute, da seine Tochter für einige Zeit verreiste. Sie würde glücklicherweise bald wiederkommen. Ein Vierteljahr, was war das schon! Fortan wollte er sich Mühe geben, mehr an dem wirklichen Leben um sich herum teilzunehmen. Er hatte einiges an Maria gutzumachen, und er wollte alles tun, um ihr Vertrauen und ihre Liebe zu gewinnen. Dieses Versprechen gab sich Heinrich Warnat fünf Minuten vor der Abfahrt des Zuges nach Königsberg.

Der Abschied von Maria war kurz und herzlich. Heinrich Warnat schloß die Tochter bewegt in seine Arme und küßte sie.

„Gute Reise, Maria! Achte immer auf dich! Und komm gesund wieder, mein Kind", sagte er mit einer etwas stockenden Stimme. Auch Maria war die Kehle wie zugeschnürt. Sie lächelte unter Tränen, winkte dem Vater aus dem geöffneten Abteilfenster nach, bis er ihren Blicken entschwunden war.

Der Vater war heute ganz anders als sonst, aufgeschlossener, herzlicher! Er hatte sie sogar beim Abschied geküßt. Maria konnte sich nicht erinnern, wann das zum letzten Mal geschehen war. Sie mußte damals noch ein Kind gewesen sein, das noch nicht zur Schule ging.

In Allenstein stieg Maria in den Eilzug nach Königsberg um. Obwohl er sehr besetzt war, fand sie noch einen Fensterplatz. Maria hatte keine Fahrkarte zweiter Klasse, sondern nur eine dritter Klasse gelöst. Dem Vater war glücklicherweise entgangen, daß sie in Guganken in ein Abteil dritter Klasse gestiegen war. Das Geld, das sie auf diese Weise sparte, konnte sie anderweitig besser verwenden. Sie fand es auch viel gemütlicher, in der dritten Klasse zu reisen. In der zweiten reisten ja doch nur die vornehmen Leute, die Offiziere, Gutsbesitzer und ihre Damen, die reichen Kaufleute und höheren Beamten.

Sonja von Bronski, die Nichte der Gutsherrin, fuhr stets zweiter oder sogar erster Klasse. Das hatte ihr Johann berichtet, der mit den Fischen viel herumkam und auf diese Weise auch viel erfuhr.

Maria genoß es, die vorbeiziehende ermländische Landschaft zu betrachten. Sie sah ansehnliche Bauernhöfe, die zwischen fruchtbaren Äckern und Wiesen verstreut lagen, schmucke Dörfer, aus denen die roten Backsteinkirchen herausragten, sah herbstlich bunte Mischwälder und immer wieder das blauglitzernde Band des Alleflusses an sich vorbeifliegen.

Auf einer Wiese hatten sich eine Anzahl Störche versammelt, die zum Flug in den Süden rüsteten. Da nahte schon Guttstadt, das kleine ermländische Städtchen. Hier stiegen viele Reisende aus. Auch Marias Abteil leerte sich, dafür stieg ein junger, flotter Mann in einem grünen Lodenanzug zu. Er nahm direkt Maria gegenüber Platz und musterte sie dreist. „Fahren Sie auch nach Zinten?“ fragte er. Maria verneinte und machte ein abweisendes Gesicht. Sie schaute weiter zum Fenster hinaus.

Der junge Mann ließ nicht locker. Er stellte ihr fortwährend Fragen, denen sie sich nicht so leicht entziehen konnte, da sie nicht unhöflich sein wollte. Geschickt entlockte er ihr das Reiseziel und bekam auch heraus, daß sie aus dem südlichsten Teil des Landkreises Allenstein kam, aus einem kleinen Walddorf, an der masurischen Grenze gelegen.

„Fritz Gosdowski“, stellte er sich vor. Dann erzählte er Maria in kurzen Sätzen seine Lebensgeschichte: daß er der einzige Sohn und Erbe eines Bäckermeisters aus einem großen Dorf bei Lyck war, noch drei jüngere Schwestern besaß und anderes mehr. In Zinten volontiere er derzeit bei einem Freund und Kollegen seines Vaters in einer kleinen Konditorei.

„Wir wollen demnächst ein neues Lokal eröffnen“, erzählte er vertrauensvoll. „Direkt am See, ein Ausflugslokal, wissen Sie! Mir fehlt nur noch eine liebe, tüchtige Frau, eine, die so hübsch sein müßte wie Sie, Fräuleinchen!“

„Und die möglichst noch eine gute Aussteuer mit viel Bargeld mitbringt“, meinte Maria ironisch.

Fritz Gosdowski sah sie mit seinen dunklen Augen treuherzig an. „Ja, ein bißchen Vermögen kann nicht schaden!“ gestand er naiv. „Sie stammen gewiß von einem großen Hof oder gar von einem kleinen Gut? Oder, warten Sie, lassen Sie mich weiterraten! Vielleicht sind Sie am Ende Försterstöchterlein?“ Maria lachte herzhaft. „Falsch geraten! Försterstochter bin ich nicht. Ich komme von einer kleinen Landwirtschaft. Wir sind schlichte, einfache Landleute!"

„Das glaube ich nicht! Sie, wie Sie gekleidet sind! Und in der dritten Klasse fahren auch nur die reicheren. Die Armen fahren vierter."

Und dann bat er eindringlich um ihre Adresse. „Wir müssen in Verbindung bleiben", sagte er und machte verliebte Augen. „Unbedingt! Ich werde Ihnen bald einen langen Brief schreiben. Den Namen des Dorfes, in dem Sie leben, weiß ich nun schon und auch, daß Sie Maria heißen. Sicher kommt der Brief an, wenn ich ihn an ‚das schöne Fräulein Maria-Woreinen' adressiere. Was meinen Sie?"

„Um Himmels willen, machen Sie keinen Unsinn!" bat Maria lachend. „Im übrigen, ich bleibe noch einige Zeit in Königsberg. Ihr Brief würde mich also vorerst gar nicht erreichen."

„Dann sagen Sie mir Ihre Königsberger Anschrift, bitte, bitte!" Seine dunklen, zigeunerhaften Augen bettelten unwiderstehlich. Er war überhaupt ein gutaussehender junger Mann, und er schien sich dessen voll bewußt zu sein. Was war denn schon dabei, wenn sie ihm die Anschrift der Königsberger Verwandten gab? Wenn er so gute Briefe schrieb, wie er redegewandt war, dann konnten diese Briefe recht amüsant werden. Maria war neugierig, was er ihr wohl zu schreiben haben würde. Viel Post würde sie ohnehin nicht erhalten, ab und zu einen Brief vom Vater und von Elfriede, ihrer Freundin, aus Krottken. Barbchen und Johann schrieben höchstens einen Gruß unter Vaters Brief.

„Also gut, notieren Sie sich meine Anschrift, wenn Sie mir unbedingt mal schreiben wollen. Aber ich werde Ihnen wohl keinen Brief schreiben, höchstens mal eine Ansichtskarte von Königsberg."

„Sie werden mich damit glücklich machen", beteuerte Fritz Gosdowski mit einem langen, schmachtenden Blick.

Maria amüsierte sich köstlich. Ein Glück, daß außer ihnen nur noch ein altes Mütterchen im Abteil saß, das scheinbar schwerhörig war. Sie hockte teilnahmslos da und dusselte vor sich hin.

Mit einem Seufzer nannte Maria dem hartnäckigen Jüngling ihre Adresse: „Maria Warnat, bei Familie Otto Woltersdorf, Königsberg, Weißgerberstr. 13 a."

Einige Minuten darauf lief der Eilzug in Zinten ein. Fritz Gosdowski verabschiedete sich wortreich. „Und ich schreibe bald, sehr bald! Sie werden sehen, schönstes Fräulein Maria, ich halte Wort. Also dann, weiterhin gute Reise!"

Er warf ihr noch eine Kußhand zu, bevor er aus ihrem Blickfeld entschwand. Maria war auf seinen Brief gespannt. Aus der Handschrift und dem Inhalt des Briefes würde sie erkennen, welchen Geistes Kind er wirklich war. Eines wußte sie heute schon: Die junge Bäckermeistersfrau, schön und begütert, die er sich ersehnte, würde sie bestimmt nicht werden! Sie hatte andere Vorstellungen von dem Mann, dessen Lebensgefährtin sie einmal werden würde.

V
Königsberger Intermezzo

Tante Hermine und Onkel Otto holten Maria vom Bahnhof ab. Da stand der Zug nun am Ziel der Reise im Ostbahnhof von Königsberg schnaubend und dampfend da. In dem großen Strom der Reisenden war es nicht leicht, die Verwandten zu finden. Onkel Otto war es, der Maria zuerst entdeckte und sie bei der Begrüßung stürmisch in die Arme schloß.

„Herrgottchen, Mädelchen!“ rief er mit seiner Stentorstimme, „da bist du ja! Fast hätt’ ich dich nicht wiedererkannt. Da denk’ ich, ’ne kleine, schüchterne Marjell kommt vom Land angereist. Und was seh’ ich? Eine todschicke junge Dame steht vor mir!“

Tante Hermine war mit ihrer Freude, Maria wiederzusehen, zurückhaltender. Nach außen kühl und beherrscht, war sie im Grunde ihres Wesens ein gutmütiger, warmherziger Mensch.

„Hallo Gepäckträger!“ rief Onkel Otto laut. „Dieses Gepäck hier zur Droschke, direkt vor dem Bahnhofseingang.“

„Nun kommt, Ihr beiden Hübschen, die Droschke wartet!“ forderte er seine Damen auf, hakte sich bei ihnen rechts und links ein, und so schritten die drei durch das Gewühl der Reisenden dem Ausgang zu.

„Warum hast du extra eine Droschke genommen, Onkelchen?“ fragte Maria. „Wir hätten doch genausogut mit der Straßenbahn fahren können.“ In ihrer Bescheidenheit war es Maria peinlich, daß der Onkel sich ihretwegen in solche Ausgaben stürzte.

„Wo werd’ ich sparen, wenn meine hübsche Nichte zu Besuch kommt“, meinte er grinsend. „Sparen kann ich immer noch, wenn ich im Grabe liege“, scherzte der Onkel auf etwas makabre Weise. Das hatte er mitunter an sich.

Und dann ging es im flotten Trab mit der Pferdedroschke durch Königsberg zur Weißgerberstraße am Schloßteich.

„Wir hätten uns genausogut eine Benzindroschke leisten können“, meinte Onkel Otto großspurig. „Die verstänkert aber nur die Luft. Mit der Pferdedroschke geht es gemütlicher und nicht ganz so schnell. Auf diese Weise kannst du auch gleich mehr von unserem schönen Königsberg genießen.“

Onkel Otto war überhaupt ein Lebenskünstler und Genießer, das wußte Maria vom Vater. Er saß ihr in der Kutsche gegenüber und strahlte vor Freude über dieses Wiedersehen. Tante Hermine saß neben ihr und tätschelte ihr verstohlen die Hand.

Maria, die es nicht gewohnt war, so im Mittelpunkt zu stehen, genoß es sehr, von den Verwandten dermaßen verwöhnt zu werden. Und das war ja erst der Anfang! Sie staunte über das Leben und Treiben in dieser Stadt. Da fuhr bimmelnd eine Straßenbahn nach der andern an ihnen vorbei, da wimmelte es von Pferdewagen, Kutschen, Autos und Fahrrädern. Sie fuhren über verschiedene Brücken. Vor einer dieser Brücken, die gerade hochgezogen war, um ein großes Schiff passieren zu lassen, mußten sie eine geraume Weile warten, ehe es weiterging. Königsberg war eine bedeutende Hafenstadt, auf dem Pregel herrschte reger Schiffsverkehr.

Am Schloß vorbei ging es dann durch die Französische Straße bis zur Weißgerberstraße, wo die Verwandten im zweiten Stock eines Mietshauses wohnten.

„Otto Woltersdorf, Rentier" stand auf dem Messingschild neben der Wohnungstür.

Seit einem Jahr war Onkel Otto nicht mehr berufstätig. Vierzig Jahre war er vorher als Buchhalter und später als Prokurist bei einer großen Kohlenhandlung tätig gewesen.

Das kinderlose Ehepaar bewohnte eine geräumige Vierzimmerwohnung. Maria erhielt das Gästezimmer, das nach hinten heraus lag. Nachdem sie ihre Kostümjacke aufgehängt und sich frischgemacht hatte, öffnete sie eines der Fenster und schaute hinaus. Über die Bäume eines Hintergartens hinweg konnte sie einen Teil des Schloßteiches sehen. Möwen kreisten über dem Wasser. Vom Hafen her hörte sie das dumpfe Tuten eines Dampfers. Maria schaute den Vögeln gedankenversunken nach. Wenn sie daheim aus dem Fenster ihres Zimmers sah, erblickte sie oft Kraniche, die über den See dahinzogen. Kaum angekommen, empfand sie schon Heimweh. Die drei Monate, die sie in Königsberg verbringen sollte, erschienen ihr auf einmal endlos lang.

Gleich heute abend wollte sie einen Brief nach Hause schreiben und von der Reise berichten. Der Gedanke daran tröstete sie ein wenig.

Nun rief Tante Hermine nach ihr. Das Abendessen stand auf dem Tisch.

Drei Wochen ihrer Königsberger Zeit waren vergangen. Langsam gewöhnte sich Maria an das Stadtleben, das so ganz anders war, als das stille Leben in dem Walddorf Woreinen. Es gab so viel Neues hier, so viel zu sehen, aufzunehmen und auch zu lernen, daß sie nicht oft zum Nachdenken kam. Und das war gut so. Auf diese Weise hatte sie auch das große Heimweh der ersten Tage überwunden. Jede Woche kam ein Brief ihres Vaters aus Woreinen, der von den Geschehnissen daheim berichtete; es war nichts Weltbewegendes, was in dem Dörfchen geschah, aber doch mit guter Beobachtungsgabe und Wärme geschildert, mit einem feinen Humor, den sie bisher an ihrem Vater noch gar nicht entdeckt hatte.

Barbchen schrieb regelmäßig einen Gruß darunter, während der Johann nur grüßen ließ. So tüchtig er in seinem Beruf als Fischer war, so schwer fiel es ihm, mit Feder und Tinte umzugehen.

Auch von Fritz Gosdowski, ihrer Reisebekanntschaft, war gestern ein Brief gekommen.

„Wertes, schönes Fräulein Maria“, schrieb er, „ich ergreife die Feder, um Ihnen zu schreiben. Das Schicksal hat es gefügt, daß wir uns im Zug kennenlernten. Wenn das nichts bedeutet, dann weiß ich nicht, was sonst es für einen Grund haben sollte! Sie sind Tag und Nacht in meinen Gedanken, schönstes Fräulein. Am kommenden Sonntag komme ich nach Königsberg. Ich werde vor Ihrer Haustür Punkt drei Uhr nachmittags warten. Wir können spazierengehen oder sonst was unternehmen. Dann können wir alles besprechen über unsere Zukunft.
Mit 1000 Grüßen hochachtungsvoll

Ihr treuer Fritz Gosdowski.“

Die Unterschrift war schwungvoll, die Schrift alles in allem ungelenk. Der gute Herr Fritz, so redegewandt er war – ein hübscher, nicht unsympathischer junger Mann –, sein Brief wirkte hilflos und enttäuschte Maria. Herr Gosdowski machte sich Hoffnungen, das war offensichtlich, Hoffnungen, die sie nie erfüllen konnte. Welch ein Glück, daß erst in vier Tagen Sonntag war. So konnte sie ihm noch rechtzeitig abschreiben, so leid ihr dieser Fritz auch tat. Aber ein so gutaussehender junger Mann fand mühelos ein anderes Mädchen. Er würde bestimmt nicht an gebrochenem Herzen sterben, wenn sie absagte, einen solchen Eindruck machte er nicht. Sie schrieb ihm noch am selben Nachmittag einen freundlichen, aber entschiedenen Brief, der ihm klarmachte, woran er bei ihr war, und brachte ihn zum nächsten Briefkasten.

Obwohl Maria zumindest bis zum Steindamm mit der Straßenbahn hätte fahren können, ging sie zur Kochschule doch lieber zu Fuß.

Der Oktober war für die Jahreszeit ungewöhnlich mild. Ein

hoher Himmel spannte sich über die Stadt. Das Laub der Bäume und Sträucher in den Anlagen am Schloßteich und vor der Universität hatte sich bunt gefärbt. Wenn Maria am Morgen über die Schloßteichbrücke ging, blieb sie manchmal minutenlang stehen, um sich an dem herbstlichen Bild zu erfreuen. Ihr Weg führte dann am Paradeplatz vorbei, wo die Oper und die Universität lagen, am Haus der Bücher, Gräfe und Unzer, vor dessen vielen Schaufenstern sie oft haltmachte, um nach einem passenden Buchgeschenk für den Vater zu suchen. Von der Hauptpost aus waren es dann nur noch wenige Schritte bis zum Steindamm. Während sie an den vielen Geschäften vorbeiging, warf sie nur selten einen Blick in die Schaufensterauslagen, um rechtzeitig in die Kochschule zu kommen. Am frühen Nachmittag, wenn sie von der Kochschule heimging, hatte sie dafür mehr Zeit.

Die Kochschule befand sich in einem großen Gebäude auf dem Steindamm, unweit der Hohenzollernstraße. Die Kochschülerinnen, meist Bräute oder auch jung verheiratete Frauen, kamen aus allen Teilen der Provinz, zwei Schwestern sogar aus Berlin. Ihre Mutter, eine gebürtige Königsbergerin, hatte in ihrer Jugend auch schon die Doennigsche Kochschule besucht.

Die Schülerinnen aßen fast ausnahmslos in der Kochschule zu Mittag, und zwar das, was sie am Vormittag selber fertiggebracht hatten. Viele Köstlichkeiten jedoch, die im Laufe des Vormittags zustande kamen – Suppen, diverse Braten, Pasteten, kalte Platten, Kuchen und Torten, – fanden in Hotels ihre Abnehmer, auch für private Festlichkeiten gingen Bestellungen ein.

Was hatte Maria in diesen Wochen nicht schon alles gelernt. Sie konnte köstliche Saucen zubereiten, Pasteten, saftige Braten aller Art. Die kalte Küche und das Backen waren für die kommenden Wochen vorgesehen. Der Verlauf der Ausbildung war von der Leiterin der Kochschule und der Köchin genau festgelegt.

Maria freundete sich in diesen Wochen mit Ilse Steputat aus Tilsit an, einer lebhaften Blondine. Ilse hatte das Abitur gemacht und wollte ursprünglich Lehrerin werden. Dann aber verlobte sie sich mit einem Studienrat und gab ihren Berufsplan auf. Nach Beendigung der Kochschule wollte sie schon Anfang des kommenden Jahres heiraten. Maria und Ilse verstanden sich gut. Am Nachmittag gingen sie öfters gemeinsam konditern, entweder zu Gehlhaer oder zu Schwermer. Hier herrschte immer viel Betrieb, denn hier traf sich halb Königsberg.

Nach einigen Regentagen kündigte sich der letzte Sonntag im Oktober heiter und sonnig an. Beim Frühstück beschloß Onkel

Otto, gut gelaunt, mit seinen Damen an die Ostsee zu fahren.

„Wer weiß, wie lange sich das schöne Wetter noch hält", meinte er. „Der Winter mit Schnee und Kälte kann bekanntlich bei uns im Osten früh hereinbrechen. Darum soll man die schönen Tage nutzen."

Maria, die die Ostsee nur einmal als Kind erlebt hatte, war von diesem Plan begeistert.

„Wirf dich nur fein in Schale, Marjellchen!" sagte Onkel Otto. „Und vergiß nicht, das neue Hütchen aufzusetzen, das Tante dir gekauft hat. In Cranz trifft man immer vornehme Leute, und ich will mich damit brüsten, eine so reizende Nichte zu haben!"

Diesen Wunsch erfüllte Maria gerne. Sie wählte das graue Schneiderkostüm, das ihr wie angegossen paßte, dazu eine weiße, reinseidene Bluse und den neuen roten Filzhut. Maria war mit ihrem Aussehen zufrieden, und Onkel Otto würde es auch sein.

Die Fahrt mit dem Samlandbähnchen zum Ostseebad Cranz dauerte nur eine Dreiviertelstunde. Trotz der fortgeschrittenen Jahreszeit war die Bahn bis auf den letzten Platz besetzt. Die Königsberger nutzten die letzten schönen Tage.

Schon beim Aussteigen in Cranz wehte ihnen eine wunderbare salzige Meeresluft entgegen. Man hörte schon von weitem das Rauschen des Meeres, und einige Minuten später lag eine nahezu azurblaue Ostsee vor ihnen. Marias Augen konnten sich nicht sattsehen an diesem zauberhaften Bild, in dem Himmel, Wasser und gelber Sand sich in schönster Harmonie vereinigten. Wie schön in seiner Vielfalt war doch ihr geliebtes Ostpreußen!

VI

Der Antrittsbesuch

In der Nacht war ein warmer Regen niedergegangen. Jetzt, am Vormittag, strahlte die Sonne. Der Maientag hätte nicht schöner sein können. Der Buchenwald dampfte vor Frische nach dem nächtlichen Regen. Über Nacht waren die Bäume und Sträucher grün geworden. Es duftete nach Maiglöckchen und Waldmeister, und aus der Tiefe des Waldes hörte man das Gurren der Wildtauben.

Werner Herbst genoß den Ritt durch den Wald nach Woreinen. Gedankenversunken ließ der Gutsverwalter das Pferd im langsamen Schritt gehen. Er sah zwei Zitronenfaltern nach, die vor ihm im Sonnenlicht auf und nieder flatterten. Dann kam er an die Stelle, wo er im Vorjahr, zur Zeit der Heuernte, dem unbekannten Mädchen begegnet war. Er sah sie im Geist noch dort am Wegesrand stehen, als sie ihm Auskunft auf seine Frage gab, ein sehr schönes Mädchen, voll natürlicher Anmut, wie sie in ihrem schlichten, blauen Leinenkleid vor ihm gestanden hatte. Ihr volles, braunes Haar hatte sie wie eine Krone um den Kopf herum gesteckt getragen.

Es war nicht seine Art, sich auf der Stelle für ein Mädchen zu begeistern. Nach einer großen Enttäuschung in der Liebe war er voller Skepsis, doch an dieses Mädchen hatte er in der Zwischenzeit oft denken müssen. Immer wieder hatte er gehofft, ihr zufällig zu begegnen, eine Hoffnung, die sich bis jetzt nicht erfüllt hatte. Heute nun, da er den Seepächter Warnat in Woreinen zum ersten Mal besuchte, würde es sich herausstellen, ob jene schöne Unbekannte die Tochter des Seepächters war.

Nun ging der Wald zu Ende, und die Äcker von Woreinen lagen vor ihm. Der Boden hier war karg. Nur Kartoffeln gediehen gut. Die Getreidesaat stand dünn und würde auch in einem guten Jahr wie diesem kaum genug Ertrag bringen. Der Verwalter wußte, daß jede der Waldarbeiterfamilien einige Morgen Ackerland besaß, gerade soviel, um den Eigenbedarf an Kartoffeln und, wenn alles gutging, einige Zentner Roggen zu ernten.

Als Werner Herbst den kleinen Hügel emporgeritten war, sah er Woreinen zu seinen Füßen liegen, ein kleines Waldarbeiterdorf, bestehend aus einem Dutzend Häuser, die malerisch in die Landschaft eingebettet waren. Auf zwei Seiten von Wald umschlossen, vor sich den See, bot es ein idyllisches Bild. Man sah es den niedrigen, strohgedeckten Häusern an, daß ihre Bewohner arm waren, aber fast alle Anwesen waren ordentlich und gut instand gesetzt. Dazu blühten jetzt überall in den Gärten die Obstbäume. Dadurch wirkte alles schöner und freundlicher als damals, im November, als er das erste Mal hier durchgeritten war.

An diesem Vormittag lag die Dorfstraße wie ausgestorben da. Nur ein paar flachsköpfige Kinder spielten am Weg, und einige Hühner scharrten im Sand, die laut gackernd davonstoben, als er vorbeiritt.

Als letztes Haus des Dorfes stand auf einer Landzunge das Anwesen des Seepächters Warnat. Das Wohnhaus lag auf der Spitze der Landzunge, während die Stallungen sich dahinter dem Land zu erstreckten.

„Ein ansehnlicher Besitz", ging es Werner Herbst durch den Kopf. „Alles gepflegt und in bester Ordnung!"

Auf der Wiese vor dem Haus waren Netze zum Trocknen aufgehängt. Hinter dem Gebäude schloß sich bis zum Wasser hin ein großer Obstgarten an. Hohe, alte Ulmen umstanden das Haus, das genauso wie die anderen Häuser des Dorfes Woreinen aus Holz errichtet war, doch größer und ansehnlicher.

Am Giebel des Hauses waren geschnitzte Pferdeköpfe angebracht, auch die kleine Vorlaube wies Schnitzereien auf.

Was ihm besonders ins Auge fiel, war der Vorgarten, in dem viele Frühlingsblumen blühten. Die Kieswege waren sauber geharkt, die Blumenbeete frei von Unkraut. Man spürte überall die liebevolle Hand, die diesen Garten pflegte.

Werner Herbst stieg vom Pferd, band es im Schatten einer Ulme an den Zaun und schritt auf das Haus zu.

Es war still. Keine Menschenseele ließ sich blicken. Niemand schien sein Kommen bemerkt zu haben.

Im kühlen Hausflur lagen auf den Fliesen bunte, selbstgewebte Läufer. Auf einer Truhe stand in einem großen Krug ein Strauß mit Maiengrün.

Werner Herbst klopfte auf gut Glück an eine der Türen. Nach einer Weile hörte er Schritte. Die nächstliegende Tür öffnete sich, Heinrich Warnat stand vor ihm.

Werner hatte schon viel über den Seepächter gehört und sich so eine Vorstellung von diesem Mann gemacht. Der Eindruck, den er jetzt von ihm erhielt, übertraf diese Vorstellungen bei weitem.

Heinrich Warnat war ein großer, schlanker Mann von ungefähr fünfzig Jahren. Aus einem schmalen Gesicht blickten den

Fremden Augen von fast unwahrscheinlichem Blau forschend an. Nachdem der Verwalter sich vorgestellt hatte, erhellten sich die Züge des Seepächters. Er bat den Besucher, näherzutreten.

Es war das Zimmer des Hausherrn, in das sie nun eintraten. Sie kamen rasch ins Gespräch, und Werner Herbst spürte, daß er es mit einem klugen, gebildeten Mann zu tun hatte. Während der Unterhaltung sah sich der Verwalter unauffällig in dem geräumigen Zimmer um. Außer der Eckbank und dem schweren Eichentisch befanden sich noch ein Schreibtisch und ein Bücherschrank im Raum, dazu mehrere Regale, alle mit Büchern angefüllt. Werner Herbst hatte schon gehört, daß Heinrich Warnat sehr belesen sei, doch niemals hätte er in diesem abgelegenen Walddorf einen Mann vermutet, der einen solchen Schatz an Büchern besaß. Am meisten wurde der Blick des Besuchers von einem großen Ölgemälde angezogen, das über dem Schreibtisch zwischen den beiden Fenstern hing. Es zeigte eine junge Frau von seltener Schönheit.

Man hatte Werner Herbst erzählt, daß der Seepächter nach dem frühen Tod seiner Frau ein Sonderling geworden sei. Wenn Warnat auch einen ernsten Eindruck machte – für einen Sonderling hielt Werner ihn nicht.

„Hoffentlich kommt Ihnen mein Besuch nicht ungelegen?“ fragte er den Seepächter. „Ich hatte es mir schon lange vorgenommen, hierherzukommen, doch wie das bei einem so großen Gutsbetrieb nun einmal ist, es kommt immer wieder etwas Unvorhergesehenes dazwischen. Doch durch Anton, Ihren Fischerknecht, sind wir uns wohl nicht mehr ganz fremd?“

„Ich freue mich, daß Sie ihr Weg zu uns geführt hat“, erwiderte Heinrich Warnat. „Was darf ich Ihnen anbieten? Etwas Alkoholisches oder etwas Erfrischendes? Rauchen Sie?“

„Nein, danke! Seit meiner Verwundung habe ich mir das Rauchen abgewöhnt“, erklärte der Verwalter.

„Sie waren verwundet?“ fragte Heinrich Warnat, und in seiner Stimme lag Anteilnahme. „Geschah es hier in Ostpreußen?“

„Nein, es war 1917 in Flandern. Lungenschuß. Ich mußte, als ich aus dem Lazarett entlassen wurde, noch für ein Jahr ein Sanatorium aufsuchen. Es ist alles ausgeheilt. Nur mein Jurastudium gab ich auf. Ich wurde Landwirt und habe es nicht bedauert. Ich stamme ja selber aus einer Landwirtschaft, auch bin ich passionierter Jäger.“

„Jäger bin ich nicht“, entgegnete Heinrich Warnat. „Sie wissen vielleicht, daß ich in meiner Junggesellenzeit Seemann war. Den Krieg habe ich eines Augenleidens wegen nicht mitgemacht.

Aber ich hab ja ganz vergessen, Ihnen etwas zum Trinken anzubieten! Entschuldigen Sie mich bitte für einen Augenblick. Ich möchte nur in der Küche Bescheid sagen."

Nun konnte Werner das Gemälde über dem Schreibtisch genauer betrachten.

Ja, es konnte sich nur um ein Bild der schönen Elisabeth Gusinski handeln, der verstorbenen Frau des Seepächters. Werner fühlte sich seltsam angezogen von diesem Porträt. Es hieß nicht zu Unrecht, Elisabeth Gusinski sei das schönste Mädchen dieser Gegend gewesen.

Aus einem Gesicht, das von tiefschwarzem Haar eingerahmt war, leuchtete ein schöngeschwungener, lebensfroher Mund, der im Widerspruch zu den Augen stand, aus denen Schwermut sprach. Es war, als hätte das Mädchen ihr Schicksal vorausgeahnt. Irgend etwas an diesem Gesicht kam Werner Herbst bekannt vor, als hätte er es schon einmal gesehen.

Er kam nicht dazu, weiter nachzudenken, weil er Schritte im Flur hörte und kurz darauf Heinrich Warnat ins Zimmer trat.

„Meine Tochter Maria bringt gleich etwas Erfrischendes", sagte er. Einige Minuten später öffnete sich die Tür. Ein junges Mädchen mit einem Tablett, auf dem Gläser und ein Krug standen, kam herein.

Werner Herbst fühlte, wie sein Herz rascher zu schlagen begann. Ja, sie war es, die schöne Unbekannte aus dem Wald!

Als sie ihm zur Begrüßung die Hand reichte, sah er, daß sie die gleichen tiefblauen Augen hatte wie ihr Vater. Sonst glich sie bis auf das Haar, das bei ihr kupferbraun war, ganz dem Bild der Mutter. Auch in ihren Augen lag eine leise Schwermut.

„Ich glaube, wir sind uns vor etwa einem Jahr schon einmal begegnet. Es war im Buchenwald um die Zeit der Heuernte. Ich ritt an Ihnen vorbei und fragte sie nach dem Weg", sagte Werner Herbst.

„Ich habe Sie auch gleich wiedererkannt", erwiderte Maria lächelnd. „Man sieht in unserer einsamen Waldgegend selten fremde Gesichter. Inzwischen hat auch Johann öfter von Ihnen erzählt. Da dachte ich mir schon, daß Sie der Reiter waren."

Heinrich Warnat sah seine Tochter erstaunt an. „Du hast mir gar nichts von dieser Begegnung erzählt?"

„Es war doch nur eine flüchtige Begegnung, Vater. Warum sollte ich viel davon erzählen? Ich wußte damals auch gar nicht, wer der Reiter war", erklärte Maria errötend. Noch nie war Werner Herbst einem so liebenswerten Mädchen begegnet. Er sah sie unverwandt an, bis sie das Zimmer verließ.

Bald darauf verabschiedete er sich von Heinrich Warnat mit dem Versprechen, gelegentlich wieder einmal vorbeizukommen. Als er aus dem Haus trat, sah er Maria im Garten stehen. Auch an diesem Tag trug sie, wie bei der ersten Begegnung, ein blaues Kleid. Blau schien ihre Lieblingsfarbe zu sein. Ihr würde aber auch alles gut stehen, dachte der Verwalter, bei dem Zauber, der von ihr ausging.

„Darf ich mich von Ihnen verabschieden?" sprach er sie an. „Es war mir eine besondere Freude, Sie heute so unvermutet wiederzusehen. Seit unserer Begegnung vor einem Jahr habe ich oft an Sie gedacht. Immer wieder hoffte ich, Ihnen irgendwo zu begegnen. Ihr Vater erlaubt mir, bald wiederzukommen."

„Ja, kommen Sie nur bald wieder einmal zu uns!" erwiderte Maria und sah ihn mit einem offenen Blick an.

Der Verwalter band sein Pferd los, schwang sich hinauf und grüßte zu Maria hinüber.

VII
Das Waldfest

Zur frühen Nachmittagsstunde des ersten Sonntags im Juli stand Maria Warnat am geöffneten Fenster ihres Mansardenzimmers und sah hinaus auf den See, der in der Sonne glitzerte und gleißte. Am Himmel zeigte sich kein einziges Wölkchen. Der Wald war in das dunstige Blau der Mittagsstunde gehüllt.

Vom Wasser her wehte eine erfrischende Brise. Wie verlokkend wäre es gewesen, noch rasch im See ein Bad zu nehmen. Doch dafür reichte die Zeit nicht mehr aus. In einer Stunde schon würde Johann die Braunen vor den Korbwagen spannen, dann ging es zum Sportplatz im Wald.

Heute war der Tag, auf den viele sehnsüchtig gewartet hatten, gekommen: das Waldfest des Krottker Männergesangvereins stand unmittelbar bevor. Schon wochenlang sprach man in den Dörfern des Kirchspiels kaum von etwas anderem als von diesem Fest. In den abgelegenen Walddörfern gab es wenig Abwechslung dieser Art. Im Spätherbst, nach der Ernte, das Feuerwehrfest und mitten im Winter das Fest des Kriegervereins. Im übrigen aber mußte die Jugend warten, bis sich ihr die Gelegenheit bot, sich mal wieder auf einer Dorfhochzeit auszutanzen.

Maria hoffte, auf diesem Waldfest Werner Herbst wiederzusehen, dem sie seit seinem Besuch im Mai nicht mehr begegnet war. Er war wohl an einem Nachmittag im Juni bei ihnen vorbeigekommen, doch da war sie nicht daheim gewesen.

Nun wurde es höchste Zeit, sich umzukleiden. Maria hatte ein duftiges, weißes Voilekleid gewählt, ein Kleid, das ihr Tante Hermine für den Bürgerball in der Königsberger Ressource hatte nähen lassen. Es war ein schlicht gearbeitetes, ärmelloses Kleid mit einem runden Ausschnitt. Ein teerosenfarbener Unterrock gehörte dazu; ein schmaler gestickter Gürtel war der einzige Schmuck.

Maria zog sich das Kleid über und trat vor den Spiegel. Wenn sie auch keineswegs eitel war, so wollte sie doch an diesem Tag besonders hübsch aussehen. Sie konnte mit ihrem Spiegelbild zufrieden sein. Die neue Frisur, die sie heute zum erstenmal trug, stand ihr gut. Sie hatte sich das Haar in einem tiefen, lockeren Knoten aufgesteckt. Das Sonnenlicht flutete in das Zimmer und beschien ihr Haar, so daß es wie Kupfer leuchtete. Aber irgend etwas gefiel Maria noch nicht. Ja, nun wußte sie es: der Hals war zu frei! Sie suchte in dem Schmuckkästchen, das ihr Johann geschnitzt hatte, vergeblich nach einem passenden Schmuckstück. Da fiel ihr ein, daß sie in der Kommodenschublade in einem besonderen Kästchen die Korallenkette aufbewahrt hatte, die ihr der Vater zum sechzehnten Geburtstag geschenkt hatte. Maria holte die Kette hervor und legte sie sich um den schlanken Hals. Nun war sie mit sich zufrieden.

Maria ahnte nicht, wie schön sie in diesem Kleid war. Ihre Augen strahlten in der Vorfreude auf das Fest. Ihr schöngeschwungener Mund war auch ohne Schminke frisch und rot.

„Maria!“ hörte sie die Barbchen von unten rufen.

„Maria, bist du immer noch nicht fertig? Der Johann spannt schon an.“

„Ja, Tantchen, ich komme gleich!“ rief sie zurück, nahm Schal und Handtäschchen und eilte die Treppe hinunter.

Schon von weitem konnte man die Musik der Krottker Blaskapelle hören. Es war vor allem die Pauke, deren rhythmische Schläge weithin durch den Wald drangen.

Heinrich Warnat lenkte das Fuhrwerk in eine Schneise, wo schon viele Wagen hintereinander aufgereiht standen, Landauer, Jagd- und Korbwagen, aber auch einige Leiterwagen, die die Schulkinder und die Dorfkapelle hierhergebracht hatten.

Der Sportplatz lag mitten im Wald bei der Försterei Neu-Krottken. Auf der weiten Rasenfläche tummelten sich viele festlich gekleidete Menschen. Der Tanzplatz war seitlich unter freiem Himmel errichtet. Ringsherum waren lange Tische und Bänke aufgestellt. Darüber hingen bunte Girlanden und Lampions, die am Abend angezündet werden sollten.

In der Nähe des Tanzplatzes standen die Buden, wo Erfrischungen verkauft wurden – natürlich auch die kräftigen Getränke, die bei einem Fest nicht fehlen durften.

Warnats wurden von Bekannten und Freunden freudig begrüßt. Maria wurde von ihrer Freundin Elfriede in Beschlag genommen.

Schon hatten sich die Sänger auf dem Podium aufgestellt, der offizielle Teil des Festes sollte beginnen. Man wartete nur noch auf den Pfarrer, der sein Erscheinen zugesagt hatte.

Das Sängerfest im Wald wurde ein großer Erfolg. Der Männergesangverein gab sein Bestes und erhielt für seine Darbietungen den verdienten Beifall. Als zum Abschluß des offziellen Teiles das Lied „Wer hat dich, du schöner Wald, aufgebaut so hoch da oben“ verklungen war, blieb es auf dem weiten Platz minutenlang still.

Die Zuhörer standen ganz unter dem Eindruck dieser Stunde. Man hörte das leise Rauschen des Waldes, ehe der Beifallssturm losbrach.

Kein Lied wie dieses paßt so gut in diese waldreiche Landschaft hinein, dachte Maria ergriffen. Wieviel schöner als in einem geschlossenen Raum klang der Gesang hier draußen in der freien Natur! Maria sah im Geiste die endlosen Wälder der Heimat vor sich liegen. Gleich hinter der Oberförsterei Birkensee hatte man, aus dem Tannenwald kommend, von der Anhöhe einen unbeschreiblich schönen Blick über die Schonungen, die sich bis hinüber zu den blauschimmernden Wäldern am Horizont erstreckten. Nirgendwo hatte Maria die Ahnung von der Urgewalt Gottes so stark empfunden wie dort auf jener Anhöhe. Ein Hauch dieser Ahnung klang auch durch das Eichendorffsche Lied.

Plötzlich fühlte sie, daß sie jemand beobachtete. Sie blickte auf und sah in die Augen von Werner Herbst. Er stand zwischen Frau von Bronski und ihrer Nichte, der schönen Sonja. Nun grüßte er mit einem tiefen Blick zu ihr herüber. Maria fühlte, wie ihr Herz heftiger zu schlagen begann.

Nun blickte auch Sonja von Bronski zu ihr hin. Sie musterte Maria mit kühlen, abwägenden Blicken und wandte sich dann ihrer Tante zu. Auch die Gutsbesitzerin sah kurz in ihre Richtung. Maria hatte das Gefühl, daß die beiden über sie sprachen. Wie verschieden doch Tante und Nichte waren! Frau von Bronski, eine große, hagere Frau, richtete sich niemals nach der Mode. Sie hatte ihren eigenen Geschmack und sah trotz aller Schlichtheit, mit der sie sich kleidete, vornehm aus. Man sagte, sie wäre eine strenge, aber gerechte Frau. Sonja von Bronski, ihre Nichte, fiel durch Eleganz auf, die sich manchmal bis zur Extravaganz steigerte. Auch an diesem Nachmittag trug sie ein unerhört schickes roséfarbenes Sommerkostüm, dazu einen eleganten weißen Topfhut. Diese Aufmachung paßte nicht so recht in den Rahmen des Waldfestes.

Hinter Sonja stand ein junger Mann, den Maria nicht kannte. Er gab sich sichtbar Mühe, der schönen Berlinerin zu gefallen.

Maria kam sich gegen diese schönen, stolzen Mädchen unansehnlich vor. Wie hatte sie nur glauben können, Werner Herbst würde an ihr Gefallen finden, wenn er täglich mit Sonja von Bronski zusammen war!

Zum erstenmal in ihrem Leben verspürte Maria das Gefühl der Eifersucht, ohne sich dessen bewußt zu sein.

Später spielte die Dorfkapelle zum Tanz auf. Doch die Tanzfläche füllte sich nur langsam. Noch stand die Sonne zu hoch am Himmel, und die jungen Burschen mußten sich erst einmal Mut antrinken, ehe sie es wagten, ihre Mädchen zum Tanz zu holen. Es wurde alles durcheinander getanzt – vor allem Walzer, Polka, Rheinländer und Schieber, ab und zu sogar ein Foxtrott.

Maria wurde von Herbert Kühn aufgefordert, mit dem sie seit ihrer Kindheit befreundet war. Herbert besaß in Woreinen den einzigen Bauernhof. Er war einige Jahre älter als Maria, ein forscher junger Mann. Sie liebte ihn wie einen Bruder. Seitdem sie aber aus Königsberg zurückgekommen war, bestand eine gewisse Entfremdung zwischen ihnen, deren Ursache Maria nicht kannte.

Als er sich nach dem Tanz für ein Weilchen zu ihr an den Tisch setzte, fragte Herbert: „Warum weichst du mir eigentlich immer aus, seitdem du aus Königsberg zurückgekommen bist? Du hast dich verändert? Was ist eigentlich los?"

Maria war ratlos und konnte nicht gleich antworten. Unrecht hatte Herbert ja nicht – es bestand zwischen ihnen nicht mehr die alte, unbekümmerte Freundschaft wie früher. Aber lag es allein an ihr? Und war dies der richtige Platz für eine Aussprache?

„Komm, Herbert, laß uns noch mal tanzen. Ich glaube, du siehst schon am hellen Tag Gespenster! Sie spielen gerade einen Rheinländer!" sagte sie mit ermunterndem Lächeln.

„Also gut, tanzen wir!" meinte auch Herbert und zog sie mit sich fort zur Tanzfläche. Während des Tanzes sprachen sie Belangloses. Als er sie zu ihrem Platz zurückführte, sagte er leise: „Aber eine Antwort auf meine Frage will ich noch haben!"

„Nun gut, du schrecklicher Kerl! – Also, ich kann dich überhaupt nicht mehr leiden!" erwiderte Maria lachend.

Herbert schien mit dieser Antwort zufrieden. „Da sind wir uns ja wieder einmal einig, Maria. Ich mag dich nämlich auch nicht, dumme Marjell!"

„Wollen wir nicht einen kleinen Rundgang machen, Elfriede?" fragte Maria ein wenig später ihre Freundin.

„Wir sitzen zu nahe bei der Musik. Mir schmerzen schon die Ohren von dem Lärm."

„Gerne! Ich habe dir auch noch einiges zu erzählen, aber hier versteht man ja sein eigenes Wort nicht", sagte Elfriede.

Sie gingen an dem Tisch vorbei, an dem Frau von Bronski mit dem Verwalter und ihrem Gast aus Allenstein saß. Sonja von Bronski hatte wiederholt mit dem Fremden getanzt. Elfriede wußte zu berichten, daß er der Sohn einer Freundin der Gutsherrin war und in Allenstein als Referendar bei der Regierung tätig sei.

Sonderbarerweise hatte Maria den Verwalter noch nicht tanzen sehen. Wenn sie auch enttäuscht war, daß er sie bisher noch nicht zum Tanz aufgefordert hatte, so empfand sie doch eine gewisse Genugtuung, daß er auch mit Sonja von Bronski nicht getanzt hatte.

Die Freundinnen gingen einen stillen Waldweg entlang. Nur selten begegnete ihnen jemand. In dem hohen Gras am Wegesrand zirpten die Grillen. Legionen winziger Mücken tanzten im Schein der Abendsonne.

Sie kamen zu einer Schonung, von wo aus man die Gebäude der Försterei Neu-Krottken am Waldesrand sah.

„Wie gefällt dir der Otto?" unterbrach Elfriede das Schweigen.

„Otto? Welcher Otto? Ich kenne keinen?" fragte Maria erstaunt.

„Aber Maria, natürlich kennst du ihn! Das ist doch der Junglehrer aus Krottken. Du hast sogar schon einmal mit ihm getanzt."

„Ach so, den meinst du!" erwiderte Maria lächelnd. „Ich wußte nicht, daß er Otto mit Vornamen heißt. Steht ihr euch beide schon so gut, daß ihr euch mit Vornamen anredet?"

„Nein, leider nein! Ich nenne ihn heimlich im stillen so", gestand die Freundin errötend. „Hast du bemerkt, was für liebe Augen er hat? Wenn er mich so anschaut, geht es mir durch und durch!"

Maria schmunzelte. „Mir scheint, hier hat jemand sein Herz verloren", scherzte sie. „Übrigens, da vorne kommt der Ersehnte schon. Bestimmt sucht er dich!"

Elfriede wurde rot. Leise bat sie: „Nicht wahr, du läßt uns nach einer Weile allein. Wir hatten bisher noch keine fünf Minuten für uns. Und er schaut mich immer so an, als ob er mir etwas unter vier Augen sagen möchte."

Maria tat ihrer Freundin gerne den Gefallen und fand bald darauf einen Grund, sich von den beiden zu trennen. Als sie den Waldweg zurückschlenderte, sah sie plötzlich Werner Herbst aus einem Seitenweg kommen.

„Das nenne ich Glück", sagte Werner, nachdem er sie begrüßt hatte. „Ich fürchtete schon, Sie wären nach Hause gefahren, ohne daß wir beide einmal tanzen konnten."

„Tanzen Sie überhaupt?" fragte Maria fast gegen ihren Willen.

„Warum sollte ich nicht?" meinte Werner lächelnd. „Ich bin zwar kein guter Tänzer, aber versuchen könnten wir es! Ich wollte Sie schon längst auffordern, doch Sie waren immer schnell vergeben." Vom Tanzplatz klang ein Walzer herüber.

„Wenn wir uns beeilen, kommen wir noch zurecht", meinte Werner Herbst.

Maria stimmte lächelnd zu. Im Laufschritt eilten sie zum Tanzplatz.

Vieles kann der Mensch im Laufe eines langen Lebens vergessen, Gutes wie Schlimmes, doch manche Erinnerung prägt sich für immer ein.

Noch Jahre danach, als Maria Frau und Mutter geworden und das Leben so ganz anders verlaufen war, als sie es sich als junges Mädchen erträumt hatte, war die Erinnerung an jenes Sommerfest im Wald so lebendig in ihr, als hätte sie alles erst vor kurzem erlebt. Sie sah den festlich beleuchteten Tanzplatz im Wald vor sich, sah die vielen bunten Lampions, die leise im Abendwind hin- und herschaukelten, den klaren sommernächtlichen Himmel darüber. Maria glaubte noch die fröhlichen, ausgelassenen Weisen der Musik in den Ohren und den Tanzplatz, dicht gedrängt voll lebensfroher Paare, vor Augen zu haben. Aus allem hatte Monika Kramkowskis rotes Kleid wie eine Mohnblume herausgeleuchtet.

Dieses Sommerfest hatte in Marias Leben eine Wende gebracht. Es war der Beginn einer glücklichen Zeit; die ganze Welt schien schöner geworden zu sein; lockend und verheißungsvoll lag das Leben vor ihr.

Sie ahnte nicht, daß ihr aus dieser Zeit auch Leid erwachsen würde.

Es hatte damit begonnen, daß sie mit Werner Herbst jenen Walzer tanzte. Er war tatsächlich kein besonders guter Tänzer, doch das war Maria unwichtig, als sie in seinen Armen lag und seine Nähe spürte. Jedesmal, wenn er sie mit seinen dunklen, unergründlichen Augen ansah, empfand Maria ein tiefes, nie zuvor gekanntes Glücksgefühl. Sie wünschte, dieser Abend würde nie ein Ende nehmen.

Frau von Bronski war mit ihrer Nichte und ihrem Besuch bald wieder heimgefahren. Werner Herbst war geblieben. Er wich nicht mehr von Marias Seite.

Auf dem Tanzboden drängten sich am Abend die Paare. Es war mehr ein Schieben als ein Tanzen; auch wurde es recht laut, ausgelassenes Gelächter übertönte oft die Musik.

Zu vorgerückter Stunde hatte jemand einen Krakowiak bestellt, nachdem er der Kapelle eine Lage spendiert hatte. Es waren nur wenige Paare, die diesen Tanz konnten, am Ende blieben nur die Monika Kramkowski und ihr Tänzer übrig, ein junger Mann aus einem anderen Dorf.

Sie war ein Teufelsmädel, diese Monika! Man hätte sie mit einer fremdartigen, exotischen Blume vergleichen können, die hier unter bescheidenen Wald- und Feldblumen aufgewachsen war. Wie sie diesen Krakowiak tanzte, voller Temperament und wilder, natürlicher Anmut! Ihr Partner beherrschte die schwierigsten Passagen des Tanzes mühelos, und Monika paßte sich ihm an. Es war, als hätte sie ihr ganzes Leben lang nichts anderes getan, als zu tanzen. Ihr Haar hatte sich gelöst. Die schwarzen Locken flogen ihr um den Kopf. Dicht gedrängt standen die Zuschauer um den Tanzplatz und klatschten begeistert Beifall im Takt der Musik.

Später ging Maria neben Werner Herbst einen schmalen Waldweg hinunter, um dem Trubel des Festes zu entkommen. Werner hielt behutsam ihren Arm. So schritten sie in die Sommernacht hinaus. Niemals, so fühlte es Maria, würde sie diese Minuten vergessen, als sie mit Werner aus der Helligkeit des Festplatzes in das Dunkel des Waldes trat.

Die Musik und der Festtrubel rückten immer weiter in die Ferne. Und dann umfing sie die Stille des schlafenden Waldes. Nur das Rauschen der Baumkronen meinte Maria zu vernehmen – und das Klopfen ihres Herzens.

Irgendwo, in der Tiefe des Waldes, schrie ein Käuzchen. Maria fröstelte. Immer, wenn sie die klagenden Rufe dieses Nachtvogels hörte, war es ihr unheimlich zumute. Daheim saß in den dunklen Herbstnächten oft ein Käuzchen in der alten Ulme hinter dem Haus. Totenvogel nannte man es im Volksmund. Die Ottka hatte ihr früher einmal erzählt, daß das Käuzchen den baldigen Tod eines Menschen ankündigte, wenn es nächtens so unheimlich schrie. Maria hatte daran geglaubt und sich fortan gefürchtet. Dann hatte sie einmal mit Johann darüber gesprochen. Der lachte sie aus und nannte die Ottka eine alte Unke. Das alles sei nur Aberglaube, sagte er. Das Käuzchen sei genauso ein harmloser Vogel wie andere auch. Und doch war ein Funke jener Kinderangst bis heute in ihr geblieben.

„Sie zittern ja, Maria. Wovor fürchten Sie sich?“ fragte Werner Herbst und zog Maria sanft an sich. Minutenlang ruhte ihr Kopf an seiner Brust. Schweigend standen sie da und waren einander so nahe und vertraut, als sei es schon immer so gewesen.

„Sieh mich an, Maria“, sagte Werner leise. Als sich die Augen an das Dunkel der Nacht gewöhnt hatten, konnte Maria beim

Schein des Mondes sein Gesicht erkennen. Werner blickte sie voll Liebe an.

„Vom ersten Augenblick an habe ich dich geliebt, Maria", sagte er. „Mir ist, als ob wir uns seit Ewigkeiten kennen würden. Es konnte nicht anders sein, wir mußten uns begegnen."

Maria brachte kein einziges Wort hervor, doch ihre glücklichen Augen sagten genug. Werner küßte sie lange und innig.

Stimmen, die näher kamen, ließen die beiden in die Wirklichkeit zurückkehren.

„Ich glaube, ich muß jetzt zurück", sagte Maria erschrocken. „Meine Freundin Elfriede wird mich suchen. Wir wollten ohnehin bald aufbrechen. Ich werde heute nacht in Krottken bei Elfriede übernachten. Mein Vater ist mit Tante Barbchen schon gegen Abend nach Hause gefahren."

„Schade, Maria, ich hätte dich sonst gerne nach Hause begleitet. Aber vielleicht ist es besser so, damit du nicht ins Gerede kommst. Wann werden wir uns wiedersehen?"

Sie verabredeten sich für den nächsten Donnerstagabend. Werner wollte bei der Kreuzung im Wald auf sie warten, dort, wo sie sich zum ersten Mal begegnet waren.

„Es ist besser, wenn vorerst niemand von unserer Liebe weiß, Maria! Es ist noch vieles unklar. Ich kann nicht so handeln, wie ich möchte. Wir wollen unser Glück daher erst einmal ganz für uns haben", sagte Werner, als sie sich zum Abschied lange küßten.

Maria verstand den Sinn seiner Worte nicht ganz, doch sie schwieg. Bisher hatte sie vor Johann, dem Vertrauten ihrer Kindheit, kein Geheimnis gehabt, doch sie wußte, auch ihm würde sie das Erlebnis dieses Abends nicht beichten können.

Seit dem Sommerfest im Wald erschien Maria die ganze Welt verändert. Sie hätte immerfort singen und lachen können, vom Morgen bis in die Nacht hinein. Schon der Gedanke, daß nur durch den Woreiner See getrennt, keine fünf Kilometer vom Dorf entfernt, der geliebte Mann lebte, machte sie glücklich.

Seit dem Sängerfest trafen sie sich nun allwöchentlich an verschwiegenen Orten im Wald und am See.

In letzter Zeit war es die kleine, stille Bucht am Otzko-See, die den Liebenden Schutz vor neugierigen Blicken anderer und damit Geborgenheit bot, denn nur ganz selten betrat eines Menschen Fuß dieses paradiesisch schöne Fleckchen Erde.

Dieser kleine, verträumte Waldsee, der inmitten endloser Wälder so versteckt und abgelegen lag, daß ihn nur die Einheimischen kannten, war wie kein anderer Ort geeignet, ein Treffpunkt heimlich Liebender zu sein. Ihre Liebe schien bisher ihr Geheimnis geblieben zu sein. In diesem Punkt konnte Maria Werner eigentlich nicht so recht verstehen – warum wollte er, daß kein Dritter davon erfuhr, warum war er so ängstlich besorgt, daß nichts davon an die Öffentlichkeit drang?

Sie faßte sich eines Tages ein Herz und fragte Werner danach.

„Es ist nur mit Rücksicht auf dich, Liebste!“ erklärte Werner. „Damit du nicht unnötig ins Gerede kommst. Bevor ich nicht offen vor deinen Vater treten kann, um ihn um deine Hand zu bitten, können wir uns nur heimlich treffen! Hab Geduld und vor allem Vertrauen! Ich werde alles tun, um mir eine unabhängige sichere Position zu schaffen. Dann erst kann ich daran denken, eine Familie zu gründen.“

„Hätte denn Frau von Bronski etwas dagegen, wenn du heiratest?“ hatte sie schüchtern gefragt. „Der vorige Verwalter war doch auch verheiratet, und das Inspektorhäuschen soll leerstehen, seit er zu seiner Tochter zog.“

Werner setzte ihr daraufhin auseinander, daß die Gutsherrin das Gut möglicherweise bald ihrer Nichte Sonja übergeben könnte. Ob er dann noch als Verwalter bleiben könne, sei fraglich. Sonja von Bronski würde vielleicht einen Landwirt heiraten oder einen Mann, der sich für die Landwirtschaft interessierte, so daß er die Verwaltung des Gutes über kurz oder lang selber übernehmen könnte. Deshalb wollte er versuchen, die Pacht einer staatlichen Domäne oder etwas Gleichwertiges zu bekommen.

Das klang einleuchtend und überzeugend. Maria vertraute Werner wie keinem anderen Menschen. Er war fast fünfzehn Jahre älter als sie, eine gereifte Persönlichkeit, und er hatte sicher genug Lebenserfahrung, um zu wissen, was er tat. Manchmal aber wurde Maria von Zweifeln befallen, ob es recht von ihr war, vor dem Vater und Johann solche Heimlichkeiten zu haben. Wenn sie sich dann wieder mit Werner traf, war alles vergessen. Sie brauchte nur in seine dunklen Augen zu sehen, dann hörte alles um sie herum auf zu existieren, dann gab es für sie nur noch ihn auf der Welt.

VIII
Die Ottka und der Wald

Da ging sie durch die hereinbrechende Dämmerung, die alte Frau, die Ottka, das Kräuterweiblein aus Woreinen. Eine kleine, gebückte Gestalt. In dem Nebel, der gegen Abend aus den Wiesen stieg, hatte ihr Anblick fast etwas zum Fürchten an sich: dieses greisenhafte Gesicht der Alten mit den scharfen Zügen, der gebogenen, schmalen Nase, die ihr etwas Raubvogelhaftes gab. Ihr Gesicht war von hundert und aberhundert Falten und Fältchen durchzogen. Sie besaß kluge, warme Augen. Nur ein guter Mensch kann solche Augen haben!

Nun hatte die Alte die Seewiesen durchschritten und ging durch den Laubwald, der an die Wiesen grenzte. Es roch nach feuchter Walderde und nach Pilzen.

Immer wieder entdeckte die Ottka einen der guten, festfleischigen Steinpilze, die sich mit ihren braunen Kappen kaum von dem Laub abhoben, das überall den Waldboden bedeckte. Sie hatte noch gute, scharfe Augen, die Alte, obwohl sie schon hoch in den Achtzigern war.

Es wird Zeit, die Haselnüsse zu ernten, dachte die Ottka, bevor die Lorbasse aus dem Dorf ihr zuvorkamen.

„Aber laß sie man ruhig", flüsterte sie vor sich hin. „Ich allein kenne die besten Stellen im Wald, wo die Sträucher voller Nüsse hängen."

Da stand wieder einer der guten, festfleischigen Steinpilze. Fast hätte sie ihn in der Dämmerung übersehen. Sie bückte sich und schnitt den Pilz sorgsam mit einem kleinen Messer gleich an der Wurzel ab – so konnte wieder ein neuer Pilz nachwachsen.

Nun brach die Dunkelheit herein. Es war Zeit, nach Hause zu gehen und die Ziege zu melken. Warum schrie jetzt nur der Eichelhäher dort auf der Baumkrone so aufgeregt und laut? Sollte ein Fremder in der Nähe sein?

Die Alte lauschte und rührte sich nicht. Durch die Bäume hindurch sah sie über die Seewiesen, die zum Gut gehörten, einen Mann kommen. Sie erkannte den Verwalter aus Adlig Wiesen. Er hatte das Jagdgewehr um und trug einen Jägeranzug. Sicher war er auf Pirsch gewesen und ging nun heimwärts. Warum schritt er dann aber in der falschen Richtung dem Dorf zu? Hatte er etwa hier ein Stelldichein? Die Ottka lächelte verschmitzt.

Auf dem Pfad vom Dorf her kam jetzt ein Mädchen. Noch konnte die Ottka nicht erkennen, wer es war. Sollte es die Monika vom Haumeister Kramkowski sein? Sie war seit einiger Zeit wieder zu Hause, um der kränklichen Mutter zu helfen. Ja, der Monika traute die Alte allerlei Heimlichkeiten zu.

Der Verwalter schloß das Mädchen nun in die Arme; es schien, als wolle er es nicht mehr freigeben. Dann löste sich das Mädchen aus seinen Armen, und die beiden gingen geradewegs auf den Wald zu. Dabei kamen sie dicht an dem Busch vorbei, hinter dem sich die Ottka versteckt hatte. Jetzt erst erkannte die Alte, wie sehr sie sich geirrt hatte.

Das war nicht die Monika Kramkowski, sondern eine ganz andere, eine, auf die sie von sich aus niemals gekommen wäre!

Sieh einmal an, dachte die Ottka, die Maria Warnat trifft sich heimlich mit dem Gutsverwalter! Aber warum denn heimlich? Hat ein so schönes und feines Mädchen das überhaupt nötig?

Die Alte konnte es einfach nicht fassen, daß die Tochter vom Seepächter so etwas tat.

Noch ganz benommen von diesem Erlebnis, ging die Ottka dem Dorf zu. Ob man dort schon etwas davon wußte? Die Alte war wohl ein wenig neugierig, aber eine Herumträgerin war sie nicht. Von ihr würde niemand auch nur ein Sterbenswörtchen darüber erfahren. Dazu hatte sie die Maria viel zu sehr in ihr vereinsamtes Herz geschlossen. Sie war nun einmal eine ganz Besondere, Feine, die Maria Warnat, ganz wie es einst die schöne Elisabeth Gusinski, ihre Mutter, gewesen war. Und die hatte ein ebenso gutes Herz besessen wie die Maria. Immer hatte sie ein teilnehmendes Wort für die Alte. Wie oft war Maria an Schlachttagen noch spät abends zu ihr herübergehuscht. Unter ihrer Schürze hatte sie dann ein Körbchen mit Wurst und Fleisch versteckt, aber nicht nur ein bißchen zum Probieren, sondern von allem reichlich. Oft genug brachte sie ihr auch einen schönen Fisch.

Die Ottka wollte achtgeben, daß kein Gerede über Maria im Dorf aufkam. Sollte es nur jemand wagen, etwas über sie zu sagen! Einem jungen, hübschen Mädchen ist mit einem bösen Wort leichter etwas anzuhängen, als hundert gute Worte es wieder in Ordnung bringen können.

Eines aber konnte die Alte nicht begreifen: Bisher hatte es so ausgesehen, als ob der Herr Kühn und die Maria einmal ein Paar werden würden. Nun hatte der Herbert die Maria verloren, bevor er sie überhaupt bekommen hat, dachte sie. Gegen diesen forschen Verwalter kommt er eben nicht auf!

Keinen Augenblick zweifelte die Ottka daran, daß der Verwalter ernsthafte Absichten bei der Maria hatte.

IX
Johanns zweites Gesicht

Nach der Abendvesper, als draußen schon alles beschickt war und Maria die Petroleumlampe über dem Küchentisch angezündet hatte, merkte der Johann, daß ihm der Tabak für seine Pfeife ausgegangen war.

„Ich geh mal rasch zum Onkelchen Bialluschewski hinüber", sagte er. „Die Piep raucht nicht. Braucht ihr noch was?"

Maria brauchte nichts, und Barbchen Schneidereit, einer Frau in den Fünfzigern, die von Maria Tante Barbchen genannt wurde, obwohl sie nur um viele Ecken herum verwandt waren, fehlte es auch an nichts.

Bald nach dem Tod von Marias Mutter, als es in dem frauenlosen Haushalt drunter und drüber ging, hatte sich Heinrich Warnat einer älteren, unverheirateten Verwandten im Samländischen erinnert. Auf seinen Brief hin war sie gekommen, hatte die Haushaltsführung übernommen und war bis heute geblieben.

Das Barbchen sorgte in rührender Weise für Marias leibliches Wohl, die Mutter aber konnte sie ihr nicht ersetzen.

„Wie wäre es mit einem Achtelchen Bohnenkaffee, von der guten Sorte, die das Onkelchen Bialluschewski extra für dich kommen läßt?" neckte der Johann das ältliche Fräulein.

„Aber wo, ich habe doch die Büchse voll!" erwiderte Barbchen unschuldig, ohne zu merken, daß sie aufgezogen wurde.

„Ei, das wundert mich aber!" meinte Johann augenzwinkernd. „Wo du doch oft und gerne ein Täßchen Bohnenkaffee trinkst! Sieh lieber nach, ob wirklich noch ein Böhnchen vorhanden ist!"

„Ach, du willst mich ja nur zum Narren halten, Johann!" rief das Barbchen empört. Endlich war bei ihr der Groschen gefallen. Ihre kleinen, lebhaften Augen funkelten wütend. Sie war eine gute Seele, das Barbchen, aber Spaß konnte sie keinen verstehen. Sie nahm jedes Wort für bare Münze.

„Aber Tantchen, warum regst du dich auf!" versuchte Maria sie zu besänftigen. „Du weißt doch, daß Johann gerne ein Späßchen macht!"

„Na, dann geh ich man lieber!" meinte der Johann. „Ich bin bald wieder da." Er nahm die Mütze vom Haken und verließ die Küche.

„Wenn das wahr ist, dann will ich einen Besen fressen", stichelte das Barbchen. „Wenn der Johann beim Onkelchen mit den richtigen Leuten zusammentrifft, dann sehen wir ihn heute nicht mehr wieder!“

Es sollte nur ein Scherz sein, aber bei Barbchen klang es nicht so harmlos wie beim Johann, es war ein kleiner Tropfen Gift dabei.

Zum Glück trat dieser Charakterzug bei ihr nicht oft hervor. Sie war eine tüchtige, umsichtige Frau, klein und rundlich, mit kräftigen Armen, die zupacken konnten. Maria hatte sie gern, doch richtig vertraut war sie mit ihr nicht geworden. An Johann, dem Fischerknecht, dagegen hing Maria seit den Tagen ihrer Kindheit in dankbarer Liebe. Als der Vater sich nach dem Tod der Mutter wenig um sie kümmerte, da war es der Johann gewesen, der ihr die Liebe und Fürsorge angedeihen ließ, ohne die ein kleines Menschenkind verkümmert.

Johann hatte Maria auch die ersten, kleinen Gebete beigebracht und geduldig hunderterlei Fragen beantwortet, die ein wissensdurstiges Kind den Erwachsenen stellt. Auch später, als ihr der Vater nähergekommen war, behielt Johann den ersten Platz in Marias Herzen.

Aber auch der Vater wußte, was er an Johann Mrogenda hatte. Vierzig Jahre war er nun schon hier als Knecht. Zuerst bei den Gusinskis, Marias verstorbenen Großeltern, dann bei ihm. Nicht nur als Fischer leistete der Johann gute Arbeit. Er bewirtschaftete auch die kleine Landwirtschaft, die zum Besitz gehörte. Er kümmerte sich praktisch um alles und nahm so dem Seepächter die meiste Arbeit ab.

Darum blieb Heinrich Warnat auch Zeit, sich immer wieder in sein Zimmer zu seinen Büchern zurückzuziehen. Manchmal traf Maria ihn dort an, wie er seine Aufzeichnungen schrieb; welcher Art sie waren, wußte sie nicht. Er bewahrte die Schriftstücke sorgfältig im Schreibtisch auf. Seit einem Jahr hatten sie noch einen zweiten Knecht, den Anton Konopka, aus dem Dorf eingestellt. Johann war zwar immer noch rüstig, doch die Arbeit ging ihm schon langsamer von der Hand, so daß Heinrich Warnat auf einer Hilfe bestanden hatte.

Der Johann schritt durch die Abenddämmerung den Weg zum Dorf hin. Die Herbstabende waren empfindlich kühl. Bald würden die ersten Nachtfröste einsetzen. Es war höchste Zeit, daß die letzten Kartoffeln und Rüben aus der Erde kamen.

Von den Äckern stieg ein feuchter, herber Erdgeruch auf. Die Natur bereitet sich auf den Winter vor, dachte Johann. Noch waren die Tage voller Sonnenschein, aber wie lange noch – und das große, dunkle Schweigen des Winters würde über dem Land liegen.

Dann war das Dorf Woreinen noch abgeschiedener von der Welt als sonst. Man rückte näher zusammen.

Wie rasch so ein Sommer verging! Überhaupt wie schnell ein Jahr vergangen war! Die Jahre kamen und gingen; ehe man sich versah, war man alt, und das Leben neigte sich dem Ende zu.

Waren wirklich schon vierzig Jahre vergangen, seitdem Johann zum erstenmal hierher in das Dorf gekommen war? Er stammte mitten aus Masuren und war der Sohn eines Fischers. Sie waren zu Hause mehr als ein Dutzend hungriger Münder gewesen, die ernährt werden wollten. Da er der Älteste war, mußte er schon während der Schulzeit dem Vater beim Fischen zur Hand gehen. Als dann seine Brüder heranwuchsen und seine Arbeit übernahmen, hatte er sein Glück hier in Woreinen gesucht. Neunzehn Jahre war er alt gewesen, als er bei dem damaligen Seepächter Gusinski als Fischerknecht angefangen hatte. Die Elisabeth Gusinski, Marias Mutter, hatte er heranwachsen sehen. Er hatte miterlebt, wie aus dem verträumten Kind ein schönes Mädchen wurde. Genauso wie er heute Marias Vertrauter war, so hatte er damals das Vertrauen ihrer Mutter besessen. Noch bevor es jemand anders wußte, hatte Johann von ihrer Liebe zu dem jungen Steuermann Heinrich Warnat erfahren.

Ein Jahr hatte das Glück dieser Ehe gedauert, eine kurze Spanne nur war es Elisabeth vergönnt, an der Seite des geliebten Mannes zu leben. Ob sie selber etwas von ihrem frühen Tod geahnt hatte? Bei all ihrem Glück war sie oft sehr nachdenklich gewesen; besonders, als sie das Kind erwartete.

Einige Monate vor Elisabeths Tod hatte Johann eine seltsame Vision gehabt.

Zuerst hatte er geglaubt, er sei damals, in jener Mondnacht, nach einem harten Arbeitstag vor Übermüdung im Kahn eingeschlafen und alles sei nur ein böser Traum gewesen.

Bald aber erwies es sich, daß er nicht geträumt hatte. An jenem Abend, da er die Vision hatte, war er mit dem Kahn auf dem See gewesen. Es war eine jener hellen Frühlingsnächte, in denen man alles gut erkennen kann, zumal noch Vollmond war. Johann hatte so das Haus auf der Landzunge ganz deutlich im Mondlicht liegen sehen, als er zurückruderte.

Plötzlich sah er aus dem Haus einen Trauerzug herauskommen – deutlich erkannte er den Seepächter Gusinski und dahinter die hohe Gestalt des Heinrich Warnat, die hinter dem Sarg herschritten. Auch die anderen, die dem Sarg folgten, erkannte er; es waren Verwandte, Freunde und Nachbarn. Eine einzige fehlte. Es war Elisabeth, die seinem Herzen besonders nahestand.

Diese Feststellung hatte ihn wie ein Blitzschlag getroffen. Eine tiefe, nie zuvor gekannte Traurigkeit war über ihn gekommen. Dann war der unheimliche Zug plötzlich verschwunden, das Haus auf der Landzunge lag einsam und still wie zuvor.

Johann hatte damals mit niemandem über diese Vision gesprochen. Er hatte sich immer wieder einzureden versucht, alles sei nur ein böser Traum gewesen.

Ein halbes Jahr darauf, als die Astern in den Gärten blühten, war die Vision Wirklichkeit geworden.

Es war eine unselige Gabe, die des zweiten Gesichts. Johanns Leben wurde davon überschattet. Noch zweimal hatte er später den Tod eines Menschen vorausgesehen, einmal den seiner Mutter, und zuletzt den des einzigen Sohnes von dem Kätner Jagalski aus Woreinen, der 1914 bei Tannenberg fiel.

X

Bruno und Martchen Bialluschewski

Das Haus der Bialluschewskis, die in Woreinen einen kleinen Hökerladen betrieben, lag mitten im Dorf, dort, wo von der Dorfstraße ein Feldweg nach Alt-Krottken abzweigte. Es war im Jahr 1908 erbaut worden, nachdem das alte Haus während eines heftigen Gewitters durch einen Blitzschlag vollständig abgebrannt war. Zum Glück stand damals der Wind günstig, so daß die anderen Häuser des Dorfes verschont blieben. Bis zu jenem Jahr hatte der Bruno Bialluschewski vom Viehhandel gelebt. Als er sich nun ein schönes, geräumiges Haus bauen ließ, kam ihm der Gedanke, einen Hökerladen einzurichten. Nun brauchten die Woreiner nicht mehr den drei Kilometer langen Weg nach Alt-Krottken zu gehen, wenn ihnen einmal das Salz oder sonst was dringend Notwendiges ausgegangen war.

Seit vielen Jahren befand sich auf dem Dach des Hauses ein Storchennest. Es wurde in jedem Frühjahr, wenn die Störche aus Ägypten zurückkehrten, neu bezogen. Dann klapperte es fröhlich auf dem Dach, und eine junge Storchengeneration wuchs heran.

Trotz dieses glücklichen Vorzeichens blieb die Ehe der Bialluschewskis kinderlos.

„Wirst sehen, Martchen", hatte Bruno seiner Frau oft versichert, „eines schönen Tages wird uns der Storch schon was Kleines bringen. Ganz gewiß schreit es auch bei uns einmal in der Wiege!"

Die Frau hörte das nur zu gerne und hatte die Hoffnung auf ein Kind nicht aufgegeben. Nachdem sie nun aber die Vierzig schon überschritten hatte, fand sie sich damit ab, daß ihr Herzenswunsch unerfüllt blieb.

Die Bialluschewskis waren beide gutmütige Menschen mit viel Herz und Verständnis für die Sorgen und Nöte der anderen. Darum waren sie auch sehr beliebt und wurden weit und breit nur „Onkelchen Biallusch" und „Tante Martchen" genannt.

Martchen hatte ein viel zu weiches Herz und verschenkte oft heimlich Waren aus dem Laden an Bedürftige. Auch Onkelchen Biallusch hatte schon manchem, der in Not geraten war, mit einem kleinen Darlehen geholfen. Kam dann der eine oder der andere bedrückt zu ihm und bat, die Rückzahlung zu stunden, da die Ernte schlecht stand, ein Kind krank oder sonst etwas Unvorhergesehenes eingetreten war, dann meinte das Onkelchen:

„Aber mach dir doch keine unnötigen Gedanken! Gibst es mir eben, wenn du kannst. Ich brauche es jetzt nicht!“

Dieses Vertrauen hatte bisher noch kaum jemand mißbraucht. Dauerte es mitunter auch eine geraume Weile, bis die Schuldsumme einkam, so wurde doch alles genau bis aufs Dittchen zurückgezahlt.

Nur der Jagalski, der Wilddieb, stand zu tief beim Onkelchen in der Kreide. Trotz aller Gemütigkeit wollte ihm der Bruno Bialluschewski nichts mehr borgen.

„Du solltest nicht so viel trinken, Jagalski!“ sagte das Onkelchen entschieden, als dieser bei ihm eine erneute Anleihe machen wollte. „Ich werde dir doch kein Geld geben, damit du es durch die Gurgel jagst! Lebensmittel aus dem Laden kannst du weiter anschreiben lassen. Aber Bargeld bekommst du von mir erst wieder in die Hand, wenn du das Saufen aufgegeben hast.“

Da half kein Jammern und kein Bitten. Das Onkelchen blieb in diesem Fall hart. Doch Jagalski gab noch immer nicht auf. „Wie kannst du nur so reden!“ wimmerte er. „Ich bin ein alter, geschlagener Mann. Den einzigen Sohn bei Tannenberg verloren. Als Dank des Vaterlandes mußte ich noch unschuldig für ein Jahr ins Gefängnis. Was bleibt einem da schon übrig?“

„Jammer mir keinen Unsinn vor, Jagalski!“ schalt das Onkelchen. „Bist noch nicht mal sechzig. Wenn du ernsthaft wolltest, würdest du auch Arbeit finden. Aber du willst ja nicht. Statt dessen treibst du dich lieber zu nachtschlafender Zeit im Wald herum und machst dich verdächtig. Was deine angebliche Unschuld betrifft – mir kannst du nichts vormachen! Wegen Wilddieberei hast du gesessen!“

Da gab sich der Jagalski geschlagen, zog die Mütze tiefer ins Gesicht und schlich sich brummend davon.

Ja, so war das Haus der Bialluschewskis sozusagen der Mittelpunkt von Woreinen, denn eine Schule gab es in dem Dörfchen nicht. Die Schulkinder mußten den Weg durch den Wald nach Krottken bei jedem Wetter machen. Und so traf sich alt und jung gerne zu einem Plausch im Dorfladen bei Tantchen und Onkelchen.

An langen Winterabenden versammelten sich die Männer des Dorfes in der Hökerei. Sie saßen dann in dem Nebenstübchen, gleich hinter dem Laden, rauchten ihre Pfeife, unterhielten sich oder spielten Sechsundsechzig oder Mauscheln. Dann kam es vor, daß das Onkelchen eine Lage Weißen oder Wacholderschnaps spendierte. Auch wurde schon mal, wenn die Männerkehlen zu durstig waren, ein Fäßchen Bier im Keller angestochen.

Das geschah in aller Heimlichkeit, weil der Höker keine Konzession zum Ausschank alkoholischer Getränke besaß. Es war auch schon mal vorgekommen, daß ein durchziehender Kartenkünstler und Zauberer eine Vorstellung in der großen Stube der Bialluschewskis hielt. Von so einem Ereignis sprach man in Woreinen noch monatelang.

Die Ladenglocke bimmelte blechern, als Johann Mrogenda an jenem Herbstabend in den kleinen Laden trat.

Tante Martchen stand hinter dem Ladentisch und bediente gerade die Monika Kramkowski. Eigentlich war schon lange Ladenschluß. Aber in dem abgeschiedenen Dörfchen nahm man es nicht so genau damit. Solange die Haustür noch offenstand und Licht durch die Ritzen der Fensterläden schimmerte, bekam man immer noch was zu kaufen.

Was gab es nur alles hier in diesem kleinen Dorfladen! Von den Salzheringen, die in einem großen Faß lagerten, bis zum Petroleum für die Lampen, von Zucker und Salz bis zu den Klotzkorken[1]; Gummistiefel, Blechgeschirr, Peitschenstiele – kurz und gut, alles, was die Dorfbewohner benötigten. Dazu standen seitlich auf der Tombank in Glasbehältern die schönsten Bonbons in leuchtend bunten Farben, vor denen die Dorfkinder mit großen, sehnsüchtigen Augen zu stehen pflegten, bis das gutmütige Tantchen ihnen ein paar Süßigkeiten schenkte.

Ja, es war schön, daß es diese Hökerei in Woreinen gab, und vor allem, daß man das Onkelchen Biallusch und das Tantchen hatte.

Johann stellte sich neben Monika an die Tombank und bekam noch einen Teil der Unterhaltung mit.

„Und dann brauche ich noch ein kleines Stück von der feinen, teuren Seife", sagte Monika mit gezierter Stimme, während sie die Ware, die sie schon gekauft hatte, in ihr Körbchen packte. Tantchens gutmütiges Gesicht nahm einen nachdenklichen Zug an.

„Die mußt du dir schon in Krottken besorgen", sagte sie unwirsch. „Wir führen diese Seife nicht! Dafür kannst du eine gute Fliederseife haben. Die ist mild und riecht angenehm."

Monika reckte ihr keckes Näschen noch höher. „Ach nein, Tantchen, danke! Da wart' ich lieber, bis ich mal nach Allenstein komme. Ich bin nun mal an diese Seife gewöhnt!"

Johann dachte im stillen, die Monika sollte nur nicht so tun, als

[1] Holzschuhe

müsse sie alles vom Besten haben. Sie sollte sich lieber mehr um ihre kleineren Geschwister kümmern, dafür sorgen, daß sie festes Schuhzeug bekamen. Die Kramkowskis waren wohl fleißige und ordentliche Leute, doch bei so vielen Kindern – es waren ihrer sieben – war das Geld knapp.

Wiederum bimmelte die Ladenglocke. Herbert Kühn trat ein. „Guten Abend, allerseits", grüßte er freundlich. „Tante Martchen, ist das Onkelchen zu Hause? Ich hätte ihn gerne gesprochen."

„Ja! Er ist oben, auf der Lucht, und sieht die Vorräte durch. In dieser Woche muß er noch nach Allenstein zum Einkaufen. Willst was Besonderes von ihm, dann rufe ich ihn?"

„Laß man, ich kann warten! So eilig ist es nicht. Ist ja auch schon Feierabend", meinte Herbert. Er sah in seinem grünen Lodenanzug recht ansehnlich aus. Das fand auch Monika. Sie warf ihm einen ermunternden Blick zu. „Na, Herbert, hast dich ja heute so fein gemacht", sagte sie. „Bist wohl auf Brautschau?"

„Kann sein, Monika, wenn du meinst! Sag mal, ich kam gerade von der Försterei. Am Waldesrand sah ich den jungen Hilfsförster stehen. Wartet der am Ende auf dich? Dann solltest du dich beeilen, damit er nicht kalte Füße kriegt!"

„Beeil du dich mal lieber, Herbert!" erwiderte Monika schnippisch. „Vielleicht wartet irgendwo ein Mädchen auf dich, und du stehst hier so herum."

Die Monika hatte es gar nicht gern, wenn jemand auf ihre kleine Liebelei mit dem jungen Förster anspielte. Sie warf stolz ihren Kopf zurück und ging mit einem kurzen Gruß hinaus.

Der Herbert schmunzelte. Auch Johann konnte ein Lächeln nicht unterdrücken. In diesem Augenblick trat das Onkelchen Biallusch mit einem großen Karton im Arm in den Laden.

„Schönen guten Abend, ihr beiden! Wartet ihr schon lange auf mich?" fragte er. „Ich muß noch den Karton forträumen, dann komme ich zu euch."

Johann kaufte unterdessen seinen Tabak und unterhielt sich dabei mit Herbert über das Wetter.

„Wollt ihr beide nicht ein bißchen zu mir in die Stube kommen?" rief das Onkelchen aus dem Nebenzimmer. „Wir drei könnten heute abend noch ein Spielchen machen."

„Heute wird nuscht daraus!" erklärte Johann. „Wir fischen morgen früh. Das wird eine kurze Nacht. Aber ich komme am Samstag gleich nach der Abendvesper herüber. Dann holen wir das Spielchen nach!"

„Wart noch auf mich", bat der Herbert den Johann. „Ich

möchte nur noch rasch was mit dem Onkelchen bereden, dann komme ich gleich mit!"

„Laß dir nur Zeit, Herbert!" meinte Johann. „Du hast bestimmt noch einen kleinen Kuhhandel vor. So was soll man nicht überstürzen. Also ich geh' dann, gute Nacht!"

„Na, dann komm, Herbert, machen wir es uns beide gemütlich!" forderte das Onkelchen Biallusch den jungen Bauern auf und nahm ihn mit in das Nebenstübchen, wo sie schon manche fröhliche Stunde verlebt hatten.

Tante Martchen räumte währenddessen den Laden auf, zählte die Tageskasse nach und verschloß sie.

Draußen auf der Dorfstraße hörte man in der Ferne den Jagalski mit der heiseren Stimme eines Angeheiterten sein Lieblingslied „Ja, wir sind Zigeuner!" singen.

„Das ist vielleicht eine Type, dieser Jagalski!" murmelte Martchen vor sich hin und schüttelte den Kopf. „Der hat schon wieder einen in der Krone. Na ja, überall gibt es solche und so 'ne Leutchen. Ganz ohne Fehler sind wir alle nicht!"

Eine geraume Weile später kamen die beiden Männer aus der Nebenstube wieder zu ihr in den Laden. Der Herbert verabschiedete sich. Tante Martchen hörte noch, wie er zu ihrem Mann, in der Tür stehend, sagte: „Also, dann komme ich morgen vormittag vorbei, und wir machen die Sache perfekt."

Das Onkelchen rieb sich vergnügt die Hände, als er nun zu seiner Frau in den Laden trat.

„Das trifft sich ausgezeichnet. Der Herbert hat sich gerade entschlossen, mir die Sau jetzt schon zu verkaufen. So kann ich sie übermorgen mit in die Stadt nehmen."

„Hast denn noch genug Platz für den Ernst Konopka?" fragte Martchen besorgt. „Der war heute mittag hier. Er fragte, ob du ihn mit nach Allenstein nehmen kannst. Ich habe ganz vergessen, es dir auszurichten."

„Ja, warum nicht! Sonst hat sich ja noch keiner zum Mitfahren gemeldet!" erklärte Bruno. „Jetzt, in der Kartoffelernte, hat auch niemand Zeit, in die Stadt zu fahren. Was hat der Ernst denn so Wichtiges dort zu tun?"

„Aber Bruno, weißt denn nicht, daß der Ernst Woreinen verlassen wird?" Martchen schüttelte ungläubig den Kopf.

„Das ist das erste Mal, daß ich davon höre!" erwiderte das Onkelchen erstaunt. „Wohin will er denn, will er vielleicht auswandern?"

„So schlimm ist es nicht! Die Konopkas haben doch Verwandte im Ruhrgebiet. Die haben dem Ernst eine Stelle im Bergwerk besorgt. Das ging alles ganz schnell. Er muß sofort fahren."

„Das muß wirklich sehr schnell gegangen sein. Sonst hätte ich bestimmt schon was davon gehört. Ob dem Ernst aber die Arbeit unter Tage gefallen wird? Er hat bisher bloß in Woreinen gelebt, hat im Wald gearbeitet. Aber – der Ernst muß ja schließlich selber wissen, was er tut. Alt genug ist er ja!"

„Ach, weißt du, Bruno. Beim Ernst liegt die Sache doch noch anders", sagte Martchen mitleidig. „Er glaubt, er kann in Woreinen nicht mehr leben, wo ihn auf Schritt und Tritt alles an die Lydia erinnert. Er kann einfach nicht über ihren Tod hinwegkommen."

„Ach, ja, das war schlimm, daß die Lydia so früh sterben mußte!" meinte das Onkelchen traurig. „Aber nun ist daran nichts mehr zu ändern. Alles ist Schicksal, was geschieht, und es ist gut, daß niemand vorher weiß, was ihm noch blüht! Doch wollen wir jetzt nicht schlafen gehen? Es wird langsam Zeit."

Der Bruno Bialluschewski stand noch eine geraume Weile vor der Haustür, ehe er sie abriegelte. Er war im Stall gewesen und hatte nach den Tieren gesehen.

Es war eine dunkle Herbstnacht. Der Mond hatte sich hinter den Wolken verzogen. Vom See her wehte es kühl. Nun schliefen wohl die meisten Woreiner schon. Nur aus wenigen Fenstern leuchtete noch Licht.

Onkelchen Biallusch stand tief in Gedanken versunken da. Das, was ihm seine Frau gerade über den Ernst Konopka erzählt hatte, beschäftigte ihn.

So einen Sohn wie den Ernst hatte er sich immer gewünscht. Er mochte ihn gut leiden in seiner zuverlässigen, ruhigen Art. Vor allem war der Ernst fleißig und gut zu den Tieren. Dem hätte er ohne weiteres sogar sein bestes Pferd, den Goldfuchs, anvertraut, den er im Stall stehen hatte.

Oft hatte er schon mit dem Gedanken gespielt, dem Ernst später einmal die kleine Landwirtschaft zu verpachten, und wenn der Ernst dann eine tüchtige Frau bekam, könnte die einmal den Laden übernehmen.

Die Lydia wäre schon die Richtige gewesen. Aber nun mußte die Lydia sterben, und der Ernst ging so weit fort von hier! Er hätte allerdings schon längst mit dem Ernst über seine Pläne sprechen sollen, vielleicht wäre der dann hiergeblieben. Andererseits – vielleicht war es sogar gut, wenn der Ernst für einige Zeit die Heimat verließ, um Abstand von allem zu gewinnen. Es hat alles seinen Sinn, man sollte dem Schicksal nicht vorgreifen.

Nun trat das Onkelchen ins Haus und verschloß sorgfältig die Tür. Früher hatte er das nicht getan, da hatte er nur eben mal den kleinen Riegel vorgeschoben. Seitdem sich aber in den schlimmen Nachkriegsjahren auch hier einigemal Gesindel herumgetrieben hatte, mußte man sich sichern.

Eine halbe Stunde später erlosch auch das letzte Licht in Bialluschewskis Haus. Nur von der Landzunge her, vom Haus des Seepächters, leuchtete noch bis tief in die Nacht eine Lampe. Dort saß Heinrich Warnat über seinen Büchern und fand keinen Schlaf.

Irgendwo auf einem Gehöft bellte ein Hund. Einmal schrie vom Wald her ein Käuzchen. Dann lag das Schweigen der Nacht über dem Dorf Woreinen.

XI
Monika Kramkowski tritt eine Stelle in Allenstein an

An einem trüben, regennassen Tag im April kam die Monika Kramkowski in Allenstein auf dem Hauptbahnhof an.

Johann Mrogenda, der an diesem Tage mit Fracht zum Bahnhof Guganken fahren mußte, hatte sie auf dem Fuhrwerk zur Bahnstation mitgenommen. Es war das erste Mal, daß Monika mit der Eisenbahn fuhr. Aber das hätte sie nicht zugegeben – man hätte sie für altmodisch gehalten. Monika ging im Strom der Reisenden zum Bahnhofsvorplatz und beobachtete mit großen Augen das Leben und Treiben. Wie groß war doch dieser Bahnhof! Wie viele Züge kamen täglich an, fuhren von hier aus weiter in alle Welt!

Da fuhr gerade eine Straßenbahn ab. Die Straße war belebt von Autos, Fuhrwerken und Radfahrern. Monika sah dem geschäftigen Treiben eine Weile staunend zu, dann erkundigte sie sich nach der Roonstraße. Die lag zum Glück in unmittelbarer Nähe. Aber die Straße schien endlos. Monika mußte mit dem Koffer in der Hand schon ein gutes Stück gehen, ehe sie die Hausnummer fand, die sie suchte.

Onkelchen Biallusch hatte ihr bei einer reichen Maklerfamilie in der Roonstraße eine Stelle als Stubenmädchen verschafft. Da Monika von Frau Oberförster ein gutes Zeugnis erhalten hatte, wurde sie ohne persönliche Vorstellung eingestellt. Heute war sie nach Allenstein gekommen, um die neue Stelle anzutreten.

Und nun stand Monika vor dem großen, grauen Steinhaus, in dem die Familie Gehrke die erste Etage bewohnte. Mit klopfendem Herzen stieg sie die breite Treppe zur Wohnung des Maklers hinauf. Ihre Keckheit hatte sie verlassen. Sie fand erst nach einer Weile den Mut, an der Wohnungstür zu läuten.

Wenn auch aller Anfang schwer ist und Monika manches hinzulernen mußte, ehe sie sich in all das Neue in der Stadt hineinfand, so arbeitete sie doch zur Zufriedenheit der Familie Gehrke. Sie brauchte nicht einmal schwere Arbeit zu leisten.

Zweimal in der Woche kam eine Frau ins Haus, die die Wäsche besorgte und die grobe Arbeit tat. Monikas Aufgabe war es, die vielen Zimmer in Ordnung zu halten, die Wäsche zu plätten, auch mußte sie Frau Gehrke und ihren beiden erwachsenen

Töchtern zur Hand gehen. Gelegentlich half Monika auch der Köchin, besonders vor großen Gesellschaften, die bei Gehrkes keine Seltenheit waren. Dann servierte sie auch.

Das Büro des Maklers lag nicht im selben Haus, sondern in der Bahnhofstraße. Monika sah Herrn Gehrke nur bei Tisch, wenn sie das Essen auftrug, und an Sonntagen. Er war viel geschäftlich unterwegs oder hatte in seinem Büro in der Bahnhofstraße zu tun.

Frau Gehrke, eine zur Fülle neigende Dame, schien mit Monikas Leistungen zufrieden zu sein. Sie ließ ihr freie Hand, nachdem sie sich eingearbeitet hatte.

Ruth, die ältere der beiden Töchter, ein stilles, ein wenig farbloses Mädchen Anfang Zwanzig, war mit einem Gerichtsassessor verlobt; noch im Spätherbst dieses Jahres sollte die Hochzeit sein.

Ruth war immer gleich freundlich zu Monika. Sie nahm ihre Dienste nur selten in Anspruch. Um so mehr Wünsche aber hatte Christine, die andere Tochter. Bis Ostern hatte sie das Allensteiner Lyzeum besucht. Nun verbrachte sie ihre Zeit damit, Tennis zu spielen, Reitstunden zu nehmen und sich von den vielen Bekannten und Freunden der Familie zu Gesellschaften einladen zu lassen.

Manchmal seufzte Monika heimlich bei den vielen Wünschen und Aufträgen, die sie von der verwöhnten Christine erhielt.

Man konnte ihr kaum etwas recht machen. An allem hatte sie etwas auszusetzen. Monika fiel es manchmal nicht leicht, den Mund zu halten. Ja, auch die kecke Monika Kramkowski hatte sich verändert in den wenigen Monaten, die sie in Allenstein war. Nach außen hin war sie stiller und ruhiger geworden. Sie hatte längst erkannt, daß man sich überall anpassen muß und am besten fährt, wenn man lernt zu schweigen, selbst wenn es schwerfällt.

Monika war begierig, möglichst viel dazuzulernen. Sie besaß eine rasche Auffassungsgabe, und sie beobachtete gut. Bald verstand sie es, sich so zu bewegen, als wäre sie in diesen Kreisen groß geworden.

An Frida, der älteren Köchin, hatte Monika eine mütterliche Freundin gefunden, von der sie in der Küche vieles lernte. An manchen Abenden saßen sie in dem gemütlichen Zimmer der Köchin zusammen und unterhielten sich. Monikas Zimmer lag gleich nebenan. Es war viel kleiner als das der Köchin, doch ebenfalls ansprechend mit weißen Möbeln ausgestattet. Nun besaß Monika endlich auch einen großen Spiegel, in dem sie sich sorgfältig mustern konnte, wenn sie sich für ihre Ausgänge an freien Abenden oder am Sonntagnachmittag fein machte.

Vor einigen Wochen war Monika mit Agnes Bartsch bekannt geworden, einem lustigen, blonden Mädchen ihres Alters, das im Haus gegenüber bei einer Rechtsanwaltsfamilie im Dienst stand. Sie hatten sich schnell angefreundet. Agnes hatte Monika schon mehrmals mitgenommen, wenn sie mit ihrem Bräutigam, einem Unteroffizier, tanzen ging. Sie waren auch nach Lykusen am Okullsee gegangen, hatten dort in einem Gartenlokal Kaffee getrunken und waren am Abend zum Tanz geblieben. Einmal war Monika mit den beiden zum Sommerfest in den „Kopernikus" mitgegangen. Dabei machte sie die Bekanntschaft eines Feldwebels, der sich eifrig um sie bemühte. Er wollte sich mit Monika für den nächsten Sonntag verabreden, doch sie ging nicht darauf ein. Monika hatte andere Pläne für die Zukunft. Vor allem wollte sie sich vorerst keinen festen Freund zulegen, und wenn, dann nur einen, der etwas Besonderes darstellte.

An einem Dienstag Ende Juli schickte die Köchin Monika auf den Wochenmarkt zum Einkaufen. Sonst erledigte Frida die wöchentlichen Marktbesorgungen immer selber. An jenem Dienstag aber sollte eine Gesellschaft stattfinden. Darum überließ Frida der Monika den Gang zum Markt.

Gegen neun Uhr früh schlenderte Monika durch die Oberstraße zur Richtstraße. Sie blieb vor fast allen Schaufenstern stehen, um die Auslagen zu betrachten. In einem Fenster sah Monika ein schickes weißes Leinenkostüm. Sie konnte sich von dem Anblick gar nicht trennen. Es war nicht einmal teuer, und es würde ihr sicher gut stehen!

Monika überlegte hin und her, ob sie sich diese Ausgabe leisten konnte! Wenn sie in der nächsten Zeit auf einige Extrawünsche wie Strümpfe, Parfüm und Kinobesuche verzichtete, müßte es reichen. Bei Gehrkes erhielt sie fünfzehn Mark mehr Lohn im Monat als bei Oberförsters. Doch in der Stadt gab sich das Geld viel leichter aus. Nun, sie konnte es sich mit dem Kostüm noch überlegen, es mußte ja nicht gleich sein!

Vom Turm des Rathauses schlug es die halbe Stunde.

Monika sah zur Uhr hinauf. Es war schon halb zehn – sie mußte sich beeilen.

Auf dem Wochenmarkt herrschte reger Betrieb. Monika schaute sich suchend um, aber sie konnte kein vertrautes Gesicht aus Woreinen oder Krottken unter den vielen Landleuten entdecken. Es roch nach frischen Äpfeln und Birnen, nach Blumen und Geflügel. An einem Stand kaufte Monika zwei schöne Suppenhühner und zwei Dutzend Landeier. Dann ging sie quer über den Marktplatz zum Stand eines Gärtners.

Viele Blicke folgten ihr, als sie so leichtfüßig dahinschritt. Sie sah reizend aus in ihrer frischen, natürlichen Schönheit. Das fand auch der junge Gärtner, an dessen Stand Monika Suppengemüse, Augustäpfel und einen bunten Sommerblumenstrauß kaufte. Er sah sie mit unverhohlener Bewunderung an.

„Wie wäre es, schönes Fräuleinchen", flüsterte er ihr zu, als er ihr den Strauß überreichte, „wenn wir beide heute abend ins Kino gehen würden? Darf ich Sie einladen?"

„Leider habe ich heute abend keine Zeit. Vielleicht ein anderes Mal", gab Monika lächelnd zur Antwort. Der junge Gärtner gefiel ihr nicht schlecht. Wer weiß, wozu es gut war, einige Eisen im Feuer zu haben.

Schon zu dieser Vormittagsstunde war es recht warm. Bei der Apotheke am Markt unter den Laubengängen stellte Monika ihren Korb ab, um ein wenig auszuruhen. Sie suchte sich den schönsten Apfel aus dem Korb heraus und biß herzhaft hinein. Daheim, hinter der Scheune, stand auch ein Augustapfelbaum. Manchmal überfiel Monika doch das Heimweh, besonders hier, wo sie so vielen Landleuten begegnete und die vertrauten Laute der heimatlichen Mundart hörte.

Als Monika ein wenig später durch die Zeppelinstraße heimwärts ging, hörte sie hinter sich jemand ihren Namen rufen. Sie wandte sich um und war überrascht, den Ernst Konopka vor sich zu sehen.

„Ernst, wie kommst du hierher? Ich denke, du bist in Dortmund!"

„Ja, Monika, ich arbeite immer noch im Ruhrgebiet. Aber jetzt hatte ich zwei Wochen Urlaub und war zu Hause. Ich komme gerade wieder von Woreinen. Heute abend geht es zurück nach Dortmund."

Wie gut der Ernst in seinem grauen Anzug aussah, wie ein richtiger Städter – wenn auch das ernste Gesicht mit den braunen, ehrlichen Augen unverändert geblieben war.

„Sag, Ernst", fragte Monika direkt, „verdienst wohl gut im Bergwerk? Wie gefällt es dir denn so in der Großstadt? Ist sicher ein anderes Leben als in unserem einsamen Dörfchen?"

„Wie man's nimmt, Monika!" erwiderte Ernst. „Zu Hause ist es wohl am schönsten. Aber ich wollte einmal hinaus, und nun muß ich vorerst dort bleiben."

„Wieso mußt du dort bleiben, hast dich etwa inzwischen verlobt oder bist gar verheiratet?“ fragte Monika impulsiv, ohne sich viel dabei zu denken.

Das freundliche Gesicht des jungen Mannes bekam einen abweisenden Zug. Erst jetzt merkte Monika, daß sie das nicht hätte sagen dürfen. Ernst Konopka war ein schwerblütiger Mensch. Wenn der einmal ein Mädchen liebgehabt hatte wie die Lydia, dann kam er über ihren Tod nicht so bald hinweg.

„Ach, Ernst, ich habe das so dahingesagt! Nimm es mir nicht übel! Ich bin heute von der Hitze schon ganz durcheinander. Auch muß ich jetzt schnell nach Hause. Unsere Köchin wartet. Kommst du noch ein Stückchen mit?“ bat Monika.

„Schade, daß du keine Zeit mehr hast“, meinte Ernst. „Wir hätten uns wenigstens ein halbes Stündchen in ein Café setzen können. Aber gib mir wenigstens den Korb, ich trag' ihn dir!“

Obwohl Monika protestierte und meinte, den Korb könnte sie selber tragen, nahm der Ernst ihn ihr aus der Hand. Dann gingen sie nebeneinander weiter, der Kleeberger Straße zu.

Die Zeit drängte, aber Monika beeilte sich nicht sonderlich. Sie wollte sich noch ein wenig mit Ernst unterhalten. Sie waren doch aus einem Dorf – da gab es so vieles zu erzählen und manches zu fragen. Früher war Ernst Konopka nie besonders gesprächig gewesen. Jetzt schien er viel aufgeschlossener.

„Weißt du, Monika“, sagte er, „wenn man einmal von zu Hause fort war, dann weiß man erst richtig, wie schön es bei uns in Woreinen ist! Im Westen verdiene ich ja gut. Ich konnte schon einiges zurücklegen. Aber was nützt das alles, wenn man Heimweh bekommt! Die Arbeit unter Tag ist auch ganz anders als die Arbeit draußen im Wald! Manchmal, wenn ich tief unter der Erde im Stollen bin, glaube ich ersticken zu müssen. Für immer bleibe ich bestimmt nicht im Westen. Ich will mir nur was zusammensparen, damit ich mir vielleicht später einmal in Woreinen ein Häuschen bauen kann. Es geht doch nichts über was Eigenes!“

Also plant der Ernst doch, später einen Hausstand zu gründen, dachte Monika interessiert.

Nachdenklich meinte sie: „Bei mir ist es nicht so schlimm mit dem Heimweh. Allenstein ist ja nicht so weit von daheim weg. Vielleicht liegt es daran. Ich denke aber auch oft an Woreinen.“

So gingen sie nebeneinander durch die Straßen von Allenstein, der Ernst Konopka und die Monika Kramkowski, zwei Kinder des Dörfchens Woreinen. Beide hatten das Dorf verlassen, um anderswo ihr Glück zu versuchen. Früher hatten sie kaum mehr Gemeinsames gehabt, als daß sie im gleichen Dorf geboren und aufgewachsen waren. Nun aber spürten beide, daß gerade dieses eine sie verband.

„Kannst du nicht wenigstens am Nachmittag eine Stunde freibekommen?“ fragte der Ernst. „Mein Zug fährt erst gegen Abend. Es wär so schön, wenn wir uns noch ein bißchen unterhalten könnten. Wer weiß, wann wir uns wiedersehen!“

„Es tut mir sehr leid, Ernst, aber gerade heute wird das unmöglich sein! Bei uns findet heute abend eine Gesellschaft statt. Da kann ich nicht fort, weil es so viel für mich zu tun gibt. Schade! Ich hätte dich sonst wenigstens zum Zug begleitet. Aber vielleicht schreibst du mir mal eine Karte aus Dortmund?“

„Bestimmt schreib' ich dir mal. Wirst du mir auch wiederschreiben?“ fragte Ernst. Monika nickte. Sie waren nun vor dem Haus in der Roonstraße angelangt.

„Laß es dir gutgehen, Ernst, und glückliche Reise! Und schreib bestimmt bald!“

„Dann mußt du mir noch deine Adresse sagen. Und hier – beinahe hätte ich vergessen, dir deinen Korb wiederzugeben!“

Sie drückten sich zum Abschied herzlich die Hände. Bevor Monika in das Haus trat, drehte sie sich noch einmal um und lächelte dem Ernst zu. Er stand immer noch an derselben Stelle und sah zu ihr hin.

Armer Kerl, dachte sie. Er ist so ein netter Mann und hat schon so viel Schweres erlebt! Und nun fährt er so weit fort! Dabei sagt er doch selbst, daß er Heimweh nach unserem Dorf hat!

Nachdem Monika die Einkäufe in der Küche abgeliefert hatte, kam sie kaum eine Minute zur Besinnung. Nicht nur, daß sie die Zimmer zu richten hatte, sie mußte auch noch in der heißesten Mittagsstunde für Christine in die Kaiserstraße zur Schneiderin laufen, um deren neues Kleid abzuholen.

Endlich kam der Abend heran. Der Tisch in dem großen Eßzimmer mit den schweren Möbeln war festlich gedeckt, alles war für die Abendgesellschaft vorbereitet. Nun wollte sich Monika rasch noch in ihr Zimmer zurückziehen, um sich wenigstens einige Minuten auszuruhen, ehe sie sich frisch machte, das schwarze Seidenkleid anzog, und eine neue, weiße Zierschürze umband.

Sie kam aber nicht dazu, denn nun rief Christine nach ihr. „Monika! Sie müssen mir das neue Kleid noch aufbügeln. Es ist am Saum zerknüllt, so kann ich es unmöglich anziehen. Aber beeilen Sie sich!“ sagte sie und sah dabei das Mädchen nicht einmal an.

Von dem vielen Herumlaufen schmerzten Monikas Füße.

Nun blieben ihr nicht einmal fünf Minuten zum Ausruhen. Am liebsten hätte sie diesem verwöhnten jungen Mädchen erklärt, sie solle sich ihr Kleid selber überplätten, sie habe keine Zeit dazu. Es war aber doch klüger, den Mund zu halten. Schweigend nahm Monika das achtlos über das Bett hingeworfene Kleid und ging damit zum Bügelraum.

Hier war es unerträglich heiß. Monika war froh, als sie die Arbeit getan hatte. Sie wünschte, dieser Abend wäre schon vorbei. Es würde heute bestimmt wieder sehr spät werden, bis der letzte Gast gegangen war; dann mußte sie noch alles forträumen, ehe sie auf ihr Zimmer gehen konnte. Vom Bahnhof her hörte sie einen Zug pfeifen. Vielleicht saß Ernst Konopka in diesem Zug und fuhr nun westwärts. Vielleicht dachte er auch an sie, an ihre heutige Begegnung. Monika dachte mit Wohlgefallen an Ernst. Früher hatte sie ihm kaum Beachtung geschenkt; heute, als sie ihn so unerwartet nach längerer Zeit wiedersah, war das ganz anders gewesen.

Am Sonntag darauf saß Monika Kramkowski am frühen Nachmittag auf der Terrasse des Cafés Grützner in der Kaiserstraße und löffelte Eis. Wäre jetzt zufällig jemand aus Woreinen hier vorbeigekommen, er hätte sie kaum wiedererkannt, jedenfalls nicht auf den ersten Blick.

Monika hatte sich tatsächlich das weiße Leinenkostüm gekauft. Es saß ihr wie angegossen. Sie sah darin wie eine richtige junge Dame aus. Vor allem aber lag die Veränderung an ihrer neuen Frisur.

Monika hatte sich am Samstagnachmittag, als sie zwei Stunden frei hatte, kurzentschlossen beim Friseur die Haare abschneiden und Locken legen lassen. Monika erkannte sich selber kaum wieder.

Was würden die Woreiner sagen, wenn sie das nächste Mal zu Besuch nach Hause kam! Sie war wohl das erste junge Mädchen aus dem Dorf, das nun einen Bubikopf trug. Einer mußte ja den Anfang machen, warum nicht sie!

Auch Frau Gehrke und Ruth hatten ihre neue Frisur bewundert. Nur die Köchin meinte: „Schade, Monika, du hattest so schönes langes Haar!“

Christine hatte sich dazu überhaupt nicht geäußert, doch ihre Blicke sagten genug. Es lag Anerkennung darin, die nicht frei von Neid war. Monika hatte längst erkannt, daß Christine gegen jedes hübsche Mädchen etwas hatte. Sie suchte sich nur Freundinnen aus, die im Vergleich zu ihr unscheinbar wirkten.

Nun saß Monika hier auf der Terrasse unter einem bunten Sonnenschirm und langweilte sich. Um diese Stunde waren die Tische hier draußen spärlich besetzt. Auch der Blick auf die Kaiserstraße bot heute wenig Abwechslung. Die meisten Städter waren bei diesem Wetter draußen am Okullsee oder Langsee. Manche gingen vielleicht auch im Stadtwald spazieren.

Monika wußte nichts Rechtes mit sich anzufangen. Sie hätte heute nachmittag mit ihrer Freundin Agnes und deren Verlobten nach Lykusen zum Tanz gehen können. Aber sie hatte dazu keine Lust gehabt. Sie wollte einmal ganz unabhängig von den anderen sein, wenn sie sich auch noch nicht im klaren war, was sie unternehmen würde.

Jetzt stieg ein nach der neuesten Mode gekleideter junger Mann die Stufen zur Terrasse des Cafés empor. Er schaute sich suchend um und trat dann auf Monika zu.

„Gestatten Sie, gnädiges Fräulein“, sagte er, „ist an Ihrem Tisch noch ein Platz frei?“

„Bitte!“ erklärte Monika zurückhaltend. Eigentlich eine Dreistigkeit, sich ausgerechnet zu ihr zu setzen, wo noch so viele Tische frei waren! Glaubte dieser Herr vielleicht, sie ließe sich so ohne weiteres ansprechen und er könnte auf diese Weise mit ihr anbändeln?

So, als habe er ihre Gedanken erraten, sagte er:

„Ich störe Sie hoffentlich nicht? Es wäre ja auch noch an anderen Tischen Platz gewesen, doch hier sitzt es sich so schön im Schatten und man kann außerdem auf die Straße sehen.“

Monika lächelte höflich und tat, als sei sie ganz mit ihrem Eis beschäftigt. Dabei beobachtete sie verstohlen den jungen Mann, der sich ein Kännchen Kaffee bestellte und dann in der Zeitung las.

Bald kamen sie ins Gespräch. Der junge Mann erzählte, daß er erst kurze Zeit in Allenstein sei. Er stammte aus dem Rheinland, wo sein Vater einen großen Konfektionsbetrieb besäße, den er bald übernehmen würde. Nach Allenstein sei er nur gekommen, um bei einem Geschäftsfreund seines Vaters zu volontieren.

„Sie lassen bestimmt bei einem erstklassigen Schneider arbeiten“, meinte der Rheinländer anerkennend. „Ihr Kostüm sitzt ausgezeichnet!“

Auf diese Frage blieb Monika ihrem Gegenüber vorerst die Antwort schuldig. Der junge Mann hielt sie bestimmt für eine Tochter aus reichem Hause. Sie wollte diese Illusion nicht zerstören, brachte es dann aber nicht übers Herz, zu schwindeln.

„Nein, das Kostüm ist fertig gekauft“, gestand sie. „Ich brauche mir nichts anfertigen lassen. Mir paßt in meiner Größe alles ohne jede Änderung."

„Das glaube ich Ihnen gerne!" erwiderte der junge Mann. „Übrigens, ich habe mich noch nicht vorgestellt! Mein Name ist Schmitz, Rolf Schmitz!"

Monika überlegte, ob es richtig war, wenn auch sie ihren Namen nannte. Tat das eine Dame überhaupt? Vorsichtshalber ließ sie es lieber sein. Bald darauf fragte sie Herr Schmitz, ob er sie zu einer kleinen Fahrt in seinem Wagen einladen dürfe.

Monika zögerte. Nach einigem Zureden aber willigte sie ein. Nach Abstich sollte die Fahrt gehen, an den Okullsee. So schritt Monika neben ihrer neuesten Eroberung zur Magisterstraße, wo der kleine Sportwagen geparkt war. Herr Schmitz öffnete ihr galant die Tür und lud sie ein, Platz zu nehmen.

Wenn er ahnen würde, daß ich heute zum ersten Mal in meinem Leben Auto fahre, dachte Monika.

Sie brausten durch die Straßen der Stadt. Monika fühlte sich stolz und glücklich. Ihr schien es, als ob diese Fahrt der Anfang zu einem neuen, besseren Leben war.

XII
Am Otzkosee

Nie war Maria ein Winter so endlos lang erschienen wie der vergangene, nie hatte sie den Frühling so sehr herbeigesehnt! Während des Winters hatte sie den geliebten Mann nur selten gesehen, und dann auch immer nur für eine kurze Stunde. Es war eine unendlich lange, dunkle Zeit gewesen, voller Sehnsucht nach der wärmeren Jahreszeit, die es ihnen ermöglichte, öfter und länger in der schönen Natur zusammen zu sein.

Schon war das Korn überreif, ein wogendes goldenes Meer, wenn der Sommerwind darüber hinwegging. Die Erntezeit stand kurz bevor, eine harte, arbeitsreiche Zeit, in der die Landleute von der frühesten Morgenstunde bis in den späten Abend hinein arbeiten mußten.

Gleich nach der Kirche war Maria zu ihrer Freundin Elfriede gegangen. Sie wollte sich nicht lange aufhalten, sondern nur ein erfrischendes Getränk zu sich nehmen und ein Stück von dem selbstgebackenen Sonntagskuchen der Freundin probieren.

Gleich zu Anfang des Jahres hatte Elfriede nach einer kurzen Brautzeit ihren Otto, den Junglehrer aus Krottken, geheiratet und besaß nun eine eigene, hübsche Wohnung in der alten Krottker Schule. Zur Zeit war Elfriede Strohwitwe – ihr Mann war gleich zu Beginn der Sommerferien für eine Woche nach Nikolaiken zu seinen Eltern gefahren. Elfriede, die ein Kind erwartete, war das Reisen bei der Hitze zu beschwerlich, und sie war lieber zu Hause geblieben. Maria nahm den Besuch bei der Freundin heute als Vorwand; so konnte sie daheim erklären, sie würde bis zum Abend bei Elfriede bleiben, damit sie nicht so allein wäre.

Ja, es war nicht leicht, immer wieder einen neuen Grund zu erfinden, um den Ihren daheim das stundenlange Fernbleiben zu erklären, wenn sie sich heimlich mit Werner Herbst traf. Am einfachsten war es noch in der Zeit der Beerenernte gewesen, wenn im Wald die Blaubeeren reiften. Was machte es schon, wenn sie mit einem halbvollen Körbchen wiederkam! Wer achtete darauf!

Was Maria nicht leichtfiel, war, ständig Ausreden erfinden zu müssen. Vor allem schämte sie sich vor Johanns klaren Augen, die sie mitunter forschend ansahen.

Er war seit jeher ihr Vertrauter gewesen, und nun mußte sie ihm vieles verschweigen. Oft hatte sie dabei das Gefühl, daß er manches wußte.

Es durfte auch nicht mehr lange so weitergehen. Wie leicht konnte durch einen Zufall herauskommen, daß sie geschwindelt hatte. Maria nahm sich vor, noch heute mit Werner darüber zu reden.

Er mußte einsehen, daß es so nicht weitergehen konnte, und ihr helfen, eine andere Lösung zu finden.

„Warum bleibst du nicht länger hier?“ fragte Elfriede enttäuscht, als Maria ihr beim Kaffeetrinken eröffnete, daß sie bald wieder gehen müsse.

„Ich wollte über Neu-Krottken nach Hause gehen“, erklärte Maria. Sie brachte es nicht fertig, die Freundin anzuschauen. Elfriede würde es sonst in ihren Augen lesen, daß sie die Unwahrheit sagte. „Weißt du, ich komme in der Woche kaum dazu, das neue Kleid bei der Schneiderin anzuprobieren.“

„Darum brauchst du dich aber nicht so zu beeilen“, meinte Elfriede erstaunt. „Die Schneiderin triffst du bestimmt auch zwei Stunden später an.“

Maria redete sich damit heraus, daß sie jetzt während der Ernte zu Hause noch viel zu richten hätte – in der Woche fände sie einfach nicht die Zeit dazu.

„Schade!“ sagte Elfriede enttäuscht. „Ich hätte dich so gerne einmal ein paar Stunden bei mir gehabt, jetzt, wo Otto verreist ist. Ich habe ihn ja wirklich lieb, aber über manche Dinge kann man am besten mit der Freundin sprechen. Hoffentlich besuchst du mich bald wieder und bringst dann etwas mehr Zeit mit!“

Im stillen beneidete Maria die Freundin, daß sie ihren Otto so schnell und reibungslos bekommen hatte. Wie lange würde es noch dauern, bis Werner und sie sich binden konnten!

„Hat euch der Verwalter von Adlig Wiesen inzwischen noch einmal besucht?“ fragte Elfriede, als ahne sie, an wen Maria gerade dachte.

„Doch, er war im Winter zweimal beim Vater, wenn auch nur kurz“, erwiderte Maria und versuchte dabei, ihrer Stimme einen harmlosen Klang zu geben.

Nach einer Weile bemerkte Elfriede: „Weißt du, Maria, als sich der Verwalter auf dem Sängerfest im vorigen Sommer so sehr um dich bemühte, habe ich fast geglaubt, aus euch beiden würde ein Paar. Aber nun erzählt man überall, er reite immer mit dem Fräulein von Bronski aus. Vor kurzem kamen sie auch durch Krottken. Zufällig bin ich ihnen auf der Dorfstraße begegnet. Sie waren so ins Gespräch vertieft, daß er mich nicht einmal bemerkt, geschweige denn gegrüßt, hat. Vielleicht heiratet er sich auf diese Weise noch das Gut an? Das Fräulein Sonja scheint ja einen Narren an ihm gefressen zu haben."

Diese so leicht hingesagte Bemerkung traf Maria wie ein Schlag ins Gesicht. Wenn Werner ihr auch selbst erzählt hatte, daß Sonja ihn manchmal auf seinen Ritten begleitete, so tat es doch bitter weh, das aus einem anderen Mund bestätigt zu bekommen. Sie konnte nicht glauben, daß etwas Wahres an dem Gerede der Leute war.

Werner liebte allein sie, und niemals würde er sie hintergehen.

Elfriede hatte bemerkt, daß die Freundin blaß geworden war. „Hätte ich dir das alles um Himmels willen lieber nicht erzählt", meinte sie erschrocken. „Ich ahnte ja nicht, daß du dir so viel aus ihm machst! Bestimmt ist gar nichts dabei, wenn sie zusammen ausreiten! Er kann ja schlecht nein sagen, wenn sie ihn begleiten will, und die Leute reden sehr schnell über einen! Schade, daß ihr kein Gut besitzt, dann wärt ihr beide sicher schon verlobt. Er war ja ganz verliebt in dich auf dem Waldfest, das konnte ein Blinder erkennen. Aber ich kann mir kaum vorstellen, daß er einmal aus Liebe so viel aufgeben würde wie damals dein Vater!"

Maria fühlte genau, daß viel Wahres aus den Worten der Freundin sprach. Auch sie glaubte nicht daran, daß ein Mann wie Werner ihr zuliebe für immer nach Woreinen käme, er, der selber von einem großen Gut stammte und gewohnt war, anzuordnen und zu befehlen. Es war einfach undenkbar, daß Werner mit dem Johann zum Fischen auf den See hinausfahren würde, um die Fische dann später selber bei den Händlern abzuliefern, oder daß er selber den Pflug führte. Und konnte sie, Maria, andererseits als alleinige Erbin ganz von Woreinen fortgehen? Noch niemals hatte sie ernsthaft darüber nachgedacht, noch nie war sie um die Zukunft ihrer Liebe so besorgt gewesen als nach diesem Gespräch mit Elfriede.

Maria saß im Schatten des Waldes am grasbewachsenen Ufer des Otzkosees. Sie war viel zu früh gekommen. Werner war noch nicht da. So konnte sie in Ruhe ihren Gedanken nachhängen und die zauberhafte Schönheit dieses Waldsees genießen.

Alte Kiefern umsäumten den kleinen See; der Uferrand war von einem dichten Schilfgürtel umgeben, nur an einigen Stellen befand sich ein schmaler Zugang zum Wasser.

Dunkel war das Wasser des Otzkosees und tief. Hunderte weißer, bleicher Seerosen blühten hier zur Sommerszeit in stummer Schönheit. Wie ein Auge des Waldes lag dieser kleine See inmitten der endlosen Wälder. Darum mochte er wohl auch den Namen „Otzkosee“ erhalten haben, der so viel wie „Waldäuglein“ bedeutet.

Wenn auch nur ganz selten eines Menschen Fuß auf den dicht verwachsenen Pfaden bis zum Wasser vordrang, so kam dafür das Wild in Scharen an das Seeufer. Vor allem waren es Hirsche und Rehe, die gegen Abend aus der Tiefe des Waldes zur Tränke kamen. Maria hatte mit Werner hier schon oft drei Fischreiher beobachtet, die auf ihren langen Beinen fast regungslos im Wasser standen, um dann mit dem Schnabel blitzschnell nach der Beute zu stoßen. Sie nisteten bei den alten Kiefern am jenseitigen Ufer.

Um diese Stunde lag blauer Mittagsdunst über Wald und See. Maria verspürte plötzlich eine große Müdigkeit. Sie legte sich auf den Rücken und sah in den endlosen blauen Sommerhimmel hinein. Die warme Luft war erfüllt vom harzigen Kieferduft und von dem Geruch stehenden Wassers. Fast reglos lag der See da – es raschelte nur ab und zu im dichten Schilf, manchmal hörte sie auch ein leises Glucksen im Wasser.

Maria fühlte sich in diesen Augenblicken mit der Natur so eng verbunden wie nie zuvor. Sie wurde selbst zu einem Teil dieses paradiesisch schönen Fleckchens Erde.

Maria konnte es sich kaum vorstellen, daß es eine Zeit gegeben hatte, in der man eine abergläubische Scheu vor dem Otzkosee empfunden hatte; aber in dieser Gegend gab es auch jetzt noch genug Menschen, die sich immer noch ein wenig vor diesem Waldsee fürchteten.

Einer alten Sage nach sollte hier, wo der See lag, vor langer Zeit ein Dorf auf fruchtbarem Ackerboden gestanden haben, dessen Bewohner selbstsüchtige, hartherzige Menschen waren. Sie dachten bei aller Wohlhabenheit nur an sich. Als sie einer durchziehenden Bettlerin ein Stück Brot für ihr krankes Kind verwehrten, hatte die Fremde das Dorf verwünscht. Es soll dann mit Mensch und Tier in die Erde versunken sein. An seiner Stelle entstand dann dieser See. Da die Menschen diesen Ort mieden, wuchs der Wald immer näher an den See heran; es war, als wolle er ihn vor den Blicken Neugieriger verbergen. Es hieß, an stillen Mittagsstunden könne man mitunter aus der Tiefe des Sees die Dächer des versunkenen Dorfes hervorschimmern sehen, und manchmal, an windstillen Tagen, sogar dumpfes Glockengeläut tief unten auf dem See vernehmen.

Die Ottka behauptete sogar, sie habe als Kind selbst einmal ganz deutlich die Glocken im See gehört, als sie zur Zeit der Preiselbeerernte in der Mittagsstunde an den See kam, um sich die Füße im Wasser zu kühlen. Ja, sie habe sogar am jenseitigen Ufer zwei lichtgekleidete Mädchengestalten gesehen, die ihr stumm zuwinkten und dann so plötzlich, wie sie gekommen waren, wieder verschwanden.

Es glaubte niemand so recht an dieses Erlebnis. Sicher war die Ottka damals in der Mittagshitze eingeschlafen und hatte alles nur geträumt. Man hörte solche Geschichten in Woreinen aber nur zu gerne, besonders an den langen, dunklen Winterabenden, wenn man am warmen Ofen saß, während draußen der Wind um das Haus heulte.

Maria mußte lächeln, als sie an die Erzählung der Ottka dachte. Gab es wirklich noch erwachsene Menschen, die sich vor diesem lieblichen See fürchteten?

Nun, da sie in die Stille hineinhorchte, war es ihr auch so, als hörte sie einen dumpfen, glockenähnlichen Ton. Es mochten die wilden Bienen sein, die hier irgendwo in einem hohlen Baum nisteten.

Maria war über diese Gedanken eingeschlafen. Sie erschrak, als sie im Unterholz ein Knacken vernahm und nun Schritte auf sich zukommen hörte.

Als sie sich aufrichtete, stand der erwartete, geliebte Mann vor ihr.

Werner und Maria sprachen in der ersten Stunde ihres Beisammenseins nicht viel. Es genügte ihnen, sich nahe zu sein, sich im Arm zu halten.

Wie gut kannte Maria jeden noch so kleinen Zug in Werners Gesicht! Aus dem Gedächtnis hätte sie es zeichnen können. Alles Strenge war wie fortgewischt, es war ein glückliches, heiteres Antlitz, das ihr entgegenstrahlte.

Heute empfand Maria mit dem feinen Gefühl der Liebenden, daß Werner anders war als sonst, er wirkte zerstreut und unruhig, so, als bedrücke ihn etwas, das er vor ihr verbergen wollte.

„Du bist heute spät gekommen“, fragte sie. „Ist irgend etwas Unvorhergesehenes dazwischengekommen?“

„Beinahe hätte ich überhaupt nicht kommen können“, erwiderte Werner. „Ich hatte nämlich vergessen, daß ich mit Frau von Bronski und ihrer Nichte zu Gudats nach Seemühle eingeladen war. Ich wußte gar nicht, wie ich meine plötzliche Absage begründen sollte. Frau von Bronski legte sehr großen Wert darauf, daß ich sie begleitete. Zum Glück kam gleich nach dem Mittagessen unser Schweizer und holte mich in den Kuhstall. Eine unserer besten Milchkühe hatte beim Kalben Schwierigkeiten. Ich sollte dann später zu Gudats nachkommen. Das habe ich natürlich nicht getan. Und nun bin ich ja bei dir!"

„Ist alles gutgegangen"? fragte Maria.

„Ja, das Kälbchen kam mit unserer Hilfe glücklich zur Welt. Ich habe mich dann aber nicht sonderlich beeilt, weil ich keine Lust hatte, den Damen vor ihrer Abfahrt noch in die Arme zu laufen."

„Was wird Frau von Bronski sagen, wenn sie bei Gudats vergeblich auf dich wartet?" fragte Maria besorgt.

„Ich kann ja gegen Abend immer noch hinreiten. Die Gesellschaften bei Gudats dauern meist bis in die Nacht hinein, da komme ich dann immer noch zurecht", erwiderte Werner lachend. „Oder willst du mich schon früher loswerden?"

Maria ging nicht auf diesen Scherz ein. Jedesmal, wenn Werner auf das Fräulein von Bronski zu sprechen kam, gab es ihr einen Stich ins Herz.

„Wie lange bleibt Sonja von Bronski noch bei ihrer Tante? Die vier Wochen, die sie gewöhnlich zu Besuch ist, sind doch schon lange um?" fragte Maria und versuchte, ihrer Stimme einen harmlosen Klang zu geben. Es mißlang.

„Es scheint ihr neuerdings besonders gut auf dem Land zu gefallen", gab Werner arglos zur Antwort. „Sie interessiert sich sogar schon für den Geflügelhof. Neulich traf ich sie in der Gutsküche. Dem Anschein nach bereitet sie sich langsam darauf vor, die Pflichten einer Gutsherrin kennenzulernen."

„Deshalb begleitet sie dich wohl auch auf deinen Ritten? Man spricht schon darüber!" Maria konnte diese Bemerkung nicht unterdrücken; Eifersucht flammte in ihr auf.

„Fräulein von Bronski ist nun mal eine passionierte Reiterin. Es vergeht kein Tag, an dem sie nicht ausreitet. Ich kann der Nichte meiner Chefin schlecht verbieten, mich zu begleiten, wenn ich auf dem Feld, beim Amtsvorsteher oder in Krottken oder sonstwo zu tun habe", sagte Werner schärfer, als es sonst seine Art war. „Sag, Maria, du bist doch hoffentlich nicht eifersüchtig? Dazu hast du keinen Grund. Und glaubst du, dieses Mädchen sieht in mir etwas anderes als den Verwalter des Gutes?"

Diese Antwort beruhigte Maria nicht gerade. Wie Werner selbst zu der schönen Sonja stand, ging daraus nicht klar hervor. Es lag ein bedrückendes Schweigen zwischen ihnen. Werner war es, der es schließlich brach.

„Eigentlich ist es ganz günstig, wenn die Leute über Sonja von

Bronski und mich klatschen. Auf diese Weise reden sie wenigstens nicht über dich und mich!“

Maria dachte: Jetzt oder nie! Jetzt ist Gelegenheit, mit Werner über uns beide zu sprechen. Ich kann und will daheim nicht länger mein Verhältnis zu ihm verheimlichen und die Meinen anlügen.

„Sag, Werner“, begann sie zögernd, „müssen diese Heimlichkeiten noch lange so weitergehen? Ich mag nicht immer wieder nach Ausreden suchen, um überhaupt von zu Hause fortzukommen. Wenn du auch noch lange nicht daran denken kannst, einen eigenen Hausstand zu gründen – warum dürfen wir uns dann nicht offen zueinander bekennen? Ständig neue Ausreden für mein Fernbleiben und dazu Angst, jemand aus Woreinen oder Krottken träfe uns zufällig hier im Wald und es käme alles ans Tageslicht – das ist zuviel für mich!“

Sie atmete tief auf. Nun war es endlich heraus!

„Aber Maria, so kenne ich dich ja gar nicht!“ meinte Werner erstaunt. „Du kannst mir glauben, auch mir wäre es lieber, wenn wir uns nicht heimlich zu treffen brauchten! Ich habe dir aber von Anfang an gesagt, wie ich darüber denke. Du mußt Geduld und Vertrauen haben, wenn du mich liebst! Sobald ich eine entsprechende Stelle gefunden habe, werden wir heiraten. Eine lange Verlobungszeit ist sowieso nichts. Ich habe das bei meinem Bruder erlebt. Übrigens habe ich mich inzwischen um verschiedene Stellen beworben. Am Ende aber war nicht das dabei, was ich suche, oder sie waren schon vergeben. Nun schrieb mir vor einigen Tagen mein Bruder. Bei Marienwerder wird zum Frühjahr die Pacht einer Domäne vergeben. Ich will versuchen, sie zu bekommen. Es soll ein erstklassiger Betrieb mit bestem Boden sein. Bevor ich aber nicht genau weiß, ob ich dafür in Frage komme, wollte ich darüber noch nicht sprechen. Du siehst, ich bemühe mich, alles zu tun, was möglich ist, damit wir heiraten können!“

Diese Versicherung tröstete Maria. Ein Stein war ihr vom Herzen gefallen.

„Manchmal habe ich mich schon gefragt“, fuhr Werner ernst fort, „ob es richtig von mir ist, ein so junges Mädchen an mich zu binden. Immerhin bin ich gut fünfzehn Jahre älter als du! Mein Lungenschuß ist zwar gut ausgeheilt – aber ein völlig gesunder Mann bin ich leider nicht. Vielleicht hättest du einen jüngeren und gesünderen Mann als mich gefunden, einen, der besser zu dir paßt, wenn ich dir damals auf dem Waldfest nicht nähergekommen wäre. Du bist so erfrischend jung und schön, so aufrichtig in deinem ganzen Wesen – man kann gar nicht anders, als dich lieben!"

„Werner, das darfst du nie mehr sagen, daß ein anderer Mann besser zu mir passen würde, hörst du!" erwiderte Maria erregt. „Du weißt, daß ich nur dich liebe und mir ein anderer Mann niemals so viel bedeuten könnte wie du!"

Sie sah ihn so voller Liebe an, daß Werner zutiefst gerührt war. Er zog sie an sich und strich ihr sanft über das Haar.

„Wir wollen uns niemals streiten, Liebste", sagte er leise. „Ich bin dir sehr dankbar für all deine Liebe und dein Vertrauen. Nutzen wir die kurzen Stunden unseres Zusammenseins, freuen wir uns, daß es Sommer ist und wir zusammensein können."

Nie zuvor war Maria so glücklich gewesen, wie in dieser Stunde. Sie spürte, daß sie diese Stunde heute am Otzkosee niemals würde vergessen können.

Wie rasch war der Nachmittag vorübergegangen. Die Schatten waren dunkler und länger geworden.

Plötzlich hatte Maria eine sonderbare Vorahnung. Eine innere Stimme sagte ihr, daß sie niemals mehr so unbeschwert glücklich sein würde, wie bisher.

Eine seltsame Unruhe erfüllte die Natur. Ein leichter Wind kräuselte das dunkle Wasser des Sees. Im Schatten des Waldes wirkte es pechschwarz. Schon begannen sich die Seerosen zu schließen. Am jenseitigen Ufer leuchteten die Stämme der Kiefern im Schein der Abendsonne unwahrscheinlich rot.

Mit einem langen Blick nahm Maria Abschied vom Otzkosee, der für sie bisher eine Oase des Glücks gewesen war.

XIII
Sonja von Bronski

Das Fuhrwerk vom Gut stand schon wartend da, als Werner Herbst mit dem Mittagszug auf der Station eintraf.

„Tach'chen, da wären wir wieder!“ begrüßte er den Kutscher Anton. Die Füchse waren kaum mehr zu halten, im flotten Trab ging es in den Wald hinein.

Der Septembertag war unwahrscheinlich schön. Es war fast ein wenig schwül, so, als würde es noch ein Gewitter geben.

„Wie steht es mit dem Grummet?“ erkundigte sich der Verwalter. „Habt ihr schon mit dem Einfahren begonnen?“

„Aber klar, Herr Verwalter, da ist nur noch ein bißchen liegengeblieben, so zwei, drei Fuhren, die sollen heute noch unters Dach kommen.“

Anton war nicht sonderlich gesprächig. So konnte Werner ungestört seinen Gedanken nachhängen, als sie auf den stillen Waldwegen dahinfuhren.

Werner Herbst kam von einer Reise ins Westpreußische zurück, die er vor einigen Tagen angetreten hatte. Dabei hatte er übers Wochenende das väterliche Gut bei Marienburg besucht, das nun in den Händen seines ältesten Bruders lag.

Leider hatten sich die Erwartungen, mit denen er die Reise angetreten hatte, nicht erfüllt. Dabei hatte er so fest damit gerechnet, die Pacht der Domäne bei Marienwerder zu erhalten. Die Reise war umsonst gewesen – ein anderer war ihm zuvorgekommen.

Wie würde Maria diese Nachricht aufnehmen? Kurz vor seiner Abreise hatten sie sich noch an einem Abend getroffen. Ihr hatte er auch den wahren Grund seiner Reise genannt, während Frau von Bronski und Sonja nicht ahnten, daß er sich um eine Pacht bemühte.

„Drück mir nur beide Daumen, Maria“, hatte er beim Abschied gesagt. „Wenn es klappt, können wir vielleicht im kommenden Frühjahr heiraten!“

Sie hatten ausgemacht, daß er ihr gleich nach seiner Rückkehr schreiben würde, damit sie erfuhr, wie alles ausgegangen sei. Dabei wollte er ihr auch den Zeitpunkt der nächsten Verabredung vorschlagen.

Diesem Wiedersehen mit Maria sah Werner mit gemischten Gefühlen entgegen. Er würde ihr eine große Enttäuschung bereiten müssen.

Was hatte ihm sein Bruder Hans bei einem Gespräch unter vier Augen gesagt? „Warum heiratest du eigentlich nicht Fräulein von Bronski? Das wäre die einfachste Lösung! Nach allem, was ich deinen Erzählungen entnehme, scheint sie dir nicht ganz gleichgültig zu sein. Sie hat bestimmt viel für dich übrig! Warum sollte sie sonst so lange auf Adlig Wiesen bleiben, wenn nicht deinetwegen?"

Werner hatte sich daraufhin dem Bruder anvertraut und ihm von seiner Liebe zu Maria erzählt. Schweigend hatte sein Bruder zugehört. Dann meinte er: „Diese Maria scheint ja ein besonders charaktervolles und liebes Mädchen zu sein. Bedeutet sie dir aber wirklich so viel, daß du ihr zuliebe Fischer und Bauer werden könntest? Schließlich ist sie doch die alleinige Erbin, nicht wahr?"

„Davon war nie die Rede, daß ich einmal den Hof und die Pacht des Sees übernehmen würde!" war Werner seinem Bruder ungeduldig ins Wort gefallen. „An eine Verbindung mit Maria kann ich nur denken, wenn es mir gelingt, eine eigene Pacht zu bekommen. Ich will nicht für immer in einer abhängigen Stellung bleiben."

„Hast du mit dem Mädchen schon über eine Heirat gesprochen? Es wäre unklug von dir, ihr schon jetzt Hoffnungen zu machen!" hatte der Bruder erwidert.

„Das ist wohl allein meine Angelegenheit, Hans", hatte er dem Bruder erregt erklärt. „Du kannst dir im übrigen gar keine Vorstellung von Maria machen, bevor du sie nicht selbst kennengelernt hast! Sie würde die beste Frau abgeben, die man sich wünschen kann, und vor allem – ich liebe sie!"

„Und doch wäre es in deiner Lage besser, du würdest den Verstand sprechen lassen, und nicht das Herz!" war die Antwort. „Ich möchte dir den brüderlichen Rat geben: schaffe lieber heute als morgen klare Verhältnisse! Du hast ja nun erfahren, wie schwer es ist, in der heutigen Zeit eine Pacht zu bekommen. Es gibt genug erfahrene und tüchtige Landwirte, die sich darum bemühen. Überlege dir alles in Ruhe. Noch ist es nicht zu spät, dich von Maria zu trennen. Je länger du sie an dich bindest, um so mehr bist du ihr verpflichtet!"

Durch dieses Gespräch war zwischen den Brüdern ein Mißklang aufgekommen. Dabei wußte Werner nur zu gut, daß Hans nur sein Bestes wollte. Wenn man alles mit dem Verstand betrachtete, dann lag viel Wahrheit in den Worten des Bruders. Konnte man aber in Herzensdingen überhaupt den Verstand sprechen lassen? Zum erstenmal stiegen Zweifel in Werner

Herbst auf, ob es richtig war, Maria weiterhin an sich zu binden.

Nun hatte das Fuhrwerk die Spitze des Woreiner Sees erreicht. In wenigen Minuten würden der Wald zu Ende gehen und die Äcker des Gutes vor ihnen liegen.

Anton Czarnetzki wies mit dem Peitschenstiel über den See zum Himmel, wo sich am Horizont über dem Wald gewitterschwere Wolken zu Gebirgen emportürmten.

„Heute kommt bestimmt noch ein Gewitter auf", meinte er besorgt.

„Ja, es ist richtig drückend", erwiderte Werner mitten aus seinen Gedanken heraus, „hoffentlich schaffen wir es noch mit dem Einfahren des Grummets, ehe es losgeht?"

„Als ich am Freitagvormittag die gnädige Frau zur Station fuhr, da war es genauso schwül. Dann hielt das Wetter aber doch", erzählte der Kutscher.

„Ist Frau von Bronski denn verreist?" wunderte sich Werner.

„Ja, sie kommt aber schon morgen oder übermorgen wieder! Das alte Fräulein, die Tante, die in Königsberg im Stift lebt, ist erkrankt. Darum ist die Gnädige auch gleich nach Königsberg gereist, als der Brief kam. Ich habe ganz vergessen, Ihnen das zu erzählen, Sie konnten das ja gar nicht wissen", sagte Anton treuherzig.

„Dann ist es ja höchste Zeit, daß ich wiederkomme", bemerkte Werner. „Überlassen Sie mir mal die Zügel, Anton. Jetzt werde ich kutschieren. Die Füchse sind bei dieser Hitze so träge, die schlafen uns ja beinahe ein!"

Sonja von Bronski überblickte noch einmal prüfend den Kaffeetisch, den sie auf der Terrasse für Werner Herbst und sich gedeckt hatte.

Tante Luise hatte ihr heute auf einer Karte mitgeteilt, der Stiftstante gehe es wieder besser, und sie würde schon am kommenden Tag nach Hause kommen.

So ergab sich heute rein zufällig die Gelegenheit, mit dem Verwalter allein am Kaffeetisch zu sitzen. Mamsell Tilli wollte auf das Kaffeetrinken verzichten. Sie war so sehr mit dem Einkochen von Pflaumenmus beschäftigt, daß sie sich nicht mal diese Pause gönnen wollte.

Von der Terrasse aus hatte man einen herrlichen Blick auf den Gutspark mit den alten Bäumen, zwischen denen der Woreiner See schimmerte. Auf dem kleinen Teich, über dem sich die Trauerweiden neigten, trieben schon die ersten bunten Blätter.

Es war schön hier auf Adlig Wiesen. Sonja war sich dessen

erst richtig bewußt, seitdem sie sich in Werner Herbst verliebt hatte. Auf einmal fand sie es nicht mehr langweilig auf dem Land, wo sie es früher höchstens einige Wochen ausgehalten hatte.

Sogar für den Gutsbetrieb interessierte sie sich jetzt.

Nicht nur für die Küche, den Gemüse- und Kräutergarten, nein auch für den Geflügelhof. Überall hatte sie ihre Nase hineingesteckt und der Mamsell geholfen. Auch mit den langweiligen Büchern im Kontor hatte sie sich beschäftigt. Selbst in ihrem Äußeren war sie schlichter geworden; viele ihrer eleganten Berliner Kleider hingen ungenutzt im Schrank.

Jeden Augenblick konnte der Verwalter von seiner Reise zurückkommen. Sonja lauschte, ob sie das Fuhrwerk noch nicht die Lindenallee herauffahren hören konnte, doch außer dem monotonen Summen der Dreschmaschine vom Wirtschaftshof her vernahm sie nichts.

Würde Werner Herbst überhaupt merken, wieviel Mühe sie sich mit dem Kaffeetisch gegeben hatte?

Da stand auf der elfenbeinfarbenen Damastdecke in einer Kristallvase ein Strauß dunkelroter Rosen, die einen süßen Duft verströmten. Das schönste Kaffeegeschirr hatte sie aufgedeckt; das alte Rosenthal-Service mit dem zarten Rosenmuster. Sogar eine Apfeltorte hatte sie extra für diesen Tag gebacken.

Sonja hatte dem Verwalter schon deutlich zu verstehen gegeben, daß er ihr nicht gleichgültig war. Doch er bemerkte es nicht, oder – was wahrscheinlicher war – er wollte es nicht bemerken. Sollte wirklich diese hübsche Fischerstochter aus Woreinen der Grund dafür sein, daß er so gar keinen Blick für andere Frauen hatte? Es war Sonja damals auf dem Sängerfest im Wald nicht entgangen, daß Werner Herbst mit Maria getanzt hatte. Aber sie hatte dem keine besondere Bedeutung beigemessen.

Mit so einem Landmädchen würde sie es noch aufnehmen können! Schließlich war sie die Erbin des Gutes Adlig Wiesen! Seitdem sie wußte, daß auch ihre Tante nichts gegen eine Verbindung mit dem Verwalter einzuwenden hatte, den sie als Mensch und Landwirt hoch schätzte, wollte Sonja alles daransetzen, um ihr Ziel zu erreichen. Sie erinnerte sich an ein Gespräch, das sie mit ihrer Tante in ihrem Elternhaus in Berlin geführt hatte. Damals hatte sich ein junger Offizier ernsthaft um sie bemüht. Er war eine blendende Erscheinung, zeigte aber im Verhältnis zu seinem Einkommen viel zu noble Passionen.

„Schlag dir diesen Oberleutnant aus dem Kopf, Sonja“, hatte Tante Luise geraten, „wenn dir etwas an Adlig Wiesen liegt.

Wenn ich an deiner Stelle wäre, käme überhaupt nur ein Mann für mich in Frage, Werner Herbst!“

„Aber Tantchen, du hast doch nicht etwa selber Feuer gefangen?“ hatte sie scherzend geantwortet. „Hättest du wirklich nichts einzuwenden, wenn ich nur einen Verwalter heiraten würde?“

„Was heißt hier nur Verwalter! Er ist eine Persönlichkeit, ein Mann, der mein ganzes Vertrauen besitzt, dazu ein ausgezeichneter Landwirt. Er sieht gut aus, ist gebildet und kommt aus bester Familie. Schließlich: Adlig Wiesen ist schuldenfrei, und du bist nicht darauf angewiesen, Geld zu erheiraten.“

„Ob Werner Herbst mich aber überhaupt haben will, das ist die Frage!“ hatte sie damals zu bedenken gegeben.

„Das wäre das erste Mal, daß ein Mann kein Interesse an dir zeigte, wenn du es darauf anlegst“, meinte die Tante ironisch.

Später sprachen sie nicht mehr über dieses Thema, aber Sonja spürte nur zu deutlich, daß die Meinung der Tante sich nicht geändert hatte.

Noch in Gedanken versunken, hörte Sonja das Fuhrwerk die Allee herauffahren. Sie lief durch den Wintergarten und das Speisezimmer zur Diele, um Werner Herbst zu begrüßen.

„Sie werden sich zuerst auf ihr Zimmer zurückziehen wollen, um sich frisch zu machen“, meinte sie bei der Begrüßung. „Dann aber darf ich Sie bitten, mit mir Kaffee auf der Terrasse zu trinken.“

„Gerne, Fräulein von Bronski“, erwiderte Werner höflich. „Aber vorher muß ich noch rasch auf den Hof, um anzuordnen, daß das Grummet unter Dach kommt, ehe das Gewitter aufzieht.“

„Um Himmels willen“, rief Sonja erschrocken. „Nichts fürchte ich mehr als ein Gewitter auf dem Land. Und Tante Luise kommt erst morgen aus Königsberg zurück.“

„Nun, ganz allein sind Sie ja nicht“, meinte Werner Herbst amüsiert. „Bis gleich – ich werde mich beeilen!“

Es entging Werner nicht, wie festlich der Kaffeetisch gedeckt war, als er ein wenig später auf die Terrasse trat. „Ist heute etwas Besonderes, Fräulein Sonja? Sie haben doch nicht etwa Geburtstag?“

„Nein, Geburtstag habe ich nicht. Aber muß denn immer Geburtstag oder sonst was sein, wenn man sich Mühe gibt, den Tisch hübsch zu decken? Ich dachte, wir wollen Ihre Rückkehr ein bißchen feiern“, erwiderte Sonja lächelnd.

„Sie tun ja geradeso, als ob ich am Nordpol gewesen sei, dabei bin ich nicht einmal eine Woche verreist gewesen!“

„Wie war denn die Reise?“ fragte Sonja interessiert. „Sie waren doch zu Hause auf dem väterlichen Gut? Sie müssen mir überhaupt einmal mehr von Ihrer Familie erzählen.“

Werner lobte den Kuchen. „Haben Sie ihn selbst gebacken? Er schmeckt genauso wie daheim bei meiner Mutter.“

„Ich fürchtete schon, er wäre mir nicht gelungen. Ich mag ihn selber auch zu gerne.“

„Wo ist eigentlich unsere Mamsell? Ich habe sie seit meiner Rückkehr noch nicht zu Gesicht bekommen.“

„Fräulein Tilli ist heute so eifrig mit dem Einkochen von Zwetschgenmus beschäftigt, daß sie auf das Kaffeetrinken verzichten will“, erklärte Sonja.

Werner hatte Sonja noch nie so nett und charmant gefunden wie bei dieser Kaffeestunde. Sie schien sich in der letzten Zeit zu ihrem Vorteil verändert zu haben. Für schön im eigentlichen Sinne hatte er sie nie gehalten, eher schien sie ihm interessant mit ihrem schmalen, rassigen Gesicht und dem aschblonden Haar, das sie sehr kurz geschnitten trug. Seltsame Augen hatte Sonja, grünblaue Nixenaugen, die manchmal rätselhaft und verwirrend blikken konnten, manchmal auch eine abweisende Kühle ausstrahlten. Früher hatte Werner geglaubt, sie habe nicht viel mehr im Kopf als ihr Äußeres und das gesellschaftliche Leben ihres Berliner Kreises. Doch dieses Urteil hatte er in den letzten Monaten revidieren müssen, als er merkte, daß ihr Interesse für den Gutsbetrieb nicht nur oberflächlicher Natur war.

„Es ist wirklich unerträglich schwül heute“, seufzte Sonja. „Hier auf der Terrasse kann man es im Schatten gerade noch aushalten. Ich glaube, es gibt tatsächlich ein Gewitter. Dabei haben wir schon Mitte September. Ich hoffte, die Zeit der Gewitter auf dem Lande sei um diese Jahreszeit vorbei!“

„Ich habe schon einmal ein Gewitter im November erlebt. Aber warum machen Sie sich Sorgen, bevor es überhaupt gedonnert hat?“ Werner erhob sich. Nachdem er einige Tage fortgewesen war, fand er nicht die Ruhe, noch länger untätig am Kaffeetisch zu sitzen. Er bedankte sich bei Sonja und ging gleich durch den Park dem Wirtschaftshof zu.

Sonja von Bronski sah ihm lächelnd nach. Es lag ein leiser Triumph in diesem Lächeln. Sie war sicher, auch Werner würde sich auf die Dauer ihrem Charme nicht entziehen können.

Werner hatte sich fest vorgenommen, noch an diesem Abend an

Maria zu schreiben. Er wollte sich für den nächsten Sonntag mit ihr am Otzkosee verabreden, doch es sollte anders kommen.

Das Abendessen nahmen sie zu dritt in dem großen Eßzimmer mit den schweren, kostbaren Möbeln ein, die eine festliche Atmosphäre verbreiteten. Fräulein Tilli hatte sich gleich zurückgezogen. Sie litt zeitweise an heftigen Kopfschmerzen. Nach dem heißen, drückenden Tag, den sie beim Einkochen in der Küche verbracht hatte, war es besonders schlimm. Als auch Werner bald darauf gehen wollte, um in seinem Zimmer wichtige Schreibarbeiten zu erledigen, war Sonja nicht damit einverstanden.

„Sie dürfen mich heute abend auf keinen Fall allein lassen!" sagte sie. „Über dem See wetterleuchtet es. Sie wissen, wie groß meine Angst vor Gewittern ist. Ich gehe jedenfalls nicht schlafen, bevor es nicht vorbei ist. Bitte leisten Sie mir Gesellschaft!"

Was blieb Werner anderes übrig als ihrer Bitte nachzukommen? Sie beschlossen, solange es noch nicht regnete und das Gewitter noch fern war, sich auf die Terrasse zu setzen.

Es herrschte eine ganz eigenartige unruhige Stimmung in dieser Stunde vor dem Gewitter. Immer wieder blitzte es seewärts zwischen den Bäumen auf, grollte es dumpf in der Ferne; die Bäume des Parks rauschten im Nachtwind.

Nachtfalter umschwirrten das flackernde Windlicht, das vor ihnen auf dem Tisch stand. Werner versuchte vergeblich, sie zu verscheuchen.

„Wie diese Falter doch sinnlos in ihr Verderben fliegen", sagte Sonja. In ihrer Stimme lag kein Mitleid, eher Spott.

„Ja, so ein armer Falter gleicht einem Mann, der einer schönen Frau in die Netze geht . . ."

„Sie scheinen keine sehr hohe Meinung von uns Frauen zu haben. Oder haben Sie ein Herz aus Eis? Ich will Ihnen natürlich nicht zu nahe treten. Ich hoffe, Sie verstehen Spaß?" fragte Sonja und sah ihn mit ihren Nixenaugen lockend an. „Fast hätte ich es vergessen", fuhr sie nach einer Weile fort, „ich habe im Eßzimmer eine Flasche Mosel und Gläser bereitstellen lassen. Ich hole sie rasch."

Werner fielen die Worte seines Bruders ein: „Warum heiratest du eigentlich nicht Fräulein von Bronski? Das wäre doch die einfachste Lösung!"

Vielleicht wäre es wirklich die beste Lösung – so ging es ihm einige Male flüchtig durch den Kopf, als er mit Sonja den Wein trank, der das Blut in den Adern leichter strömen ließ und die Stunde verzauberte.

Sonja erschien ihm an diesem Abend schöner als je zuvor. Ihre Augen beunruhigten ihn. Das Gefühl, das ihn zu ihr hinzog, war von seiner Liebe zu Maria so verschieden wie der Tag von der Nacht.

Und doch schlug Sonja ihn in dieser Stunde ganz in ihren Bann, so daß er kaum noch an Maria dachte.

Plötzlich fegte ein Windstoß über die Terrasse. Die Tür zum Wintergarten schlug klirrend zu. Das Windlicht flackerte und wäre beinahe erloschen – ein greller Blitz zerriß den nachtdunklen Himmel.

Sonja und Werner beeilten sich, den Tisch abzuräumen und ins Haus zu kommen. Schon begann es zu tröpfeln, der Wind wurde immer heftiger. Auf Sonjas Wunsch zogen sie sich in den kleinen Damensalon zurück, dessen Fenster zur Hinterfront des Gutshauses lagen, so daß die Blitze dort nicht so grell sichtbar waren.

Sonja zündete die Kerzen in dem alten, silbernen Leuchter auf der Vitrine an. Das Kerzenlicht warf große, gespenstische Schatten.

„Setzen Sie sich zu mir", bat Sonja. „Das Gewitter muß schon sehr nahe sein. Ich fühle mich ganz elend."

War es der Wein, war es die seltsame Gewitterstimmung, die Werner dazu bewegte, so viel über sich zu erzählen? Er sprach über seine Familie, seine Jugend, die Kriegsjahre, nicht zuletzt über seine Bemühungen, eine eigene Pacht zu bekommen, um sich selbständig zu machen.

Werner konnte es sich später nicht erklären, wie alles gekommen war. Sonja konnte so wunderbar zuhören. Er hatte das Gefühl, daß sie für alles Verständnis hatte. Schon war er nahe daran, von seiner Liebe zu Maria Warnat und den damit verbundenen Problemen zu sprechen, als Sonja ihn mit einer Frage unterbrach.

„Warum bleiben Sie nicht für immer hier auf dem Gut? Neulich noch sagte meine Tante, sie habe noch nie einen so tüchtigen und zuverlässigen Verwalter wie Sie besessen. Langsam verstehe ich nun ja auch etwas von der Landwirtschaft – und ich kann meiner Tante nur recht geben. Ich soll ja später das Gut übernehmen. Glauben Sie nicht, daß wir beide noch viel aus Adlig Wiesen machen könnten?"

Werner wußte darauf nicht gleich die richtige Antwort. Er grübelte über Sonjas Worte nach. Sollte es wirklich so sein, daß diese Frau ihn liebte? Vielleicht hatte der Bruder nicht unrecht, wenn er sagte, daß er in seiner Lage zuerst den Verstand sprechen lassen müßte. Er mußte erst einmal mit sich selber ins reine kommen, ehe er einen endgültigen Entschluß fassen konnte.

Bei einem plötzlichen schweren Donnerschlag zuckte Sonja zusammen. Werner bemerkte, wie sie vor Furcht zu zittern begann.

„Sie sollten versuchen, die Angst vor Gewittern zu überwinden, Fräulein Sonja!" redete er beruhigend auf sie ein. „Ein Gewitter ist ein natürlicher Vorgang. Wir Landmenschen sind mit der Natur von klein auf eng verwachsen. Wir haben kaum Angst vor Gewittern."

„Ja, ich weiß", gab Sonja zu. „Ich bin ängstlicher als ein Kind, aber ich kann nichts dafür. Schon Stunden vorher spüre ich eine seltsame Unruhe. Ich meine immer, ich würde das Gewitter anziehen. Aber das ist sicher Unsinn!"

Du ziehst nicht nur Gewitter an, seltsame Sonja, dachte Werner im darauffolgenden Schweigen.

Die Uhren im Gutshaus schlugen die elfte Stunde. Werner hätte sich jetzt gerne verabschiedet. Er war schon in aller Frühe, noch vor fünf Uhr, aufgestanden, um den ersten Zug zu erreichen; es war ein langer Tag für ihn gewesen. Doch solange sich das Gewitter nicht verzog, konnte er Sonja unmöglich allein lassen.

So saßen sie eine Weile schweigend nebeneinander. Der Himmel hatte seine Schleusen geöffnet, und der Regen prasselte gegen die Fensterscheiben. Für eine Weile hörten Blitze und Donner auf, als sei das Gewitter im Abklingen. Werner wollte gerade Ausschau halten, als das Zimmer von einem grellen Blitzstrahl in gleißende Helle getaucht wurde; unmittelbar darauf folgte ein dumpfer Donnerschlag.

Sonja schrie auf und klammerte sich mit beiden Händen an Werner fest. Sie war vor Angst außer Sinnen. Werner wußte nicht, was er anfangen sollte. Sanft versuchte er sich von der Umklammerung zu lösen, ohne Sonja weh zu tun, doch sie hielt ihn so fest, daß er sich nur mit Gewalt hätte befreien können. Da empfand er Mitleid mit ihr. Ein Gefühl der Rührung überkam ihn, als sie ihn so hilfesuchend umklammerte und mit ihrem Kopf an seiner Brust ruhte. Ihr Haar duftete verführerisch nach Heliotrop; und Werner war nicht mehr Herr seiner Sinne, als er sie jetzt, da der Druck ihrer Umklammerung nachließ, an sich zog und leidenschaftlich küßte.

Es blieb nicht bei einem Kuß. So, wie ihn Sonja wiederküßte, hatte ihn noch keine Frau geküßt. Er vergaß darüber Maria, vergaß sich selbst und alles, was früher gewesen war.

Sonja war es, die als erste wieder in die Wirklichkeit zurückfand.

„Wie lange hast du mich auf diese Stunde warten lassen, Liebster", sagte sie glückstrahlend. „Das wird eine Überraschung für Tante Luise sein, wenn sie morgen zurückkommt und erfährt, daß wir uns einig sind! Sie hat dich sehr ins Herz geschlossen und mir wiederholt gesagt, daß sie sich für mich keinen besseren Mann als dich und für das Gut keinen besseren Herrn wünschen kann."

Werner hatte nicht den Mut, Sonja zu erklären, daß er Maria liebte. Er hatte jetzt nur einen Wunsch: er wollte sich auf sein Zimmer zurückziehen, um in Ruhe über alles nachdenken zu können.

Diesem Wunsch kam Sonja zuvor, als sie sagte: „Vor lauter Glück haben wir nicht gemerkt, daß das Gewitter vorbei ist. Ich glaube, nach diesem Abend werde ich in Zukunft weniger Angst vor Gewittern haben. Jetzt aber sollten wir uns für heute verabschieden und schlafen gehen, damit es kein unnötiges Gerede gibt. Ich wundere mich nur, daß bei dem fürchterlichen Donnerschlag die Mamsell nicht aufgewacht ist. Sie muß einen gesegneten Schlaf haben. Also dann, gute Nacht, Liebster, morgen ist auch noch ein Tag."

Sie küßte ihn rasch, ehe sie die Treppe zum Obergeschoß hinaufging, wo ihre Zimmer lagen.

Werner Herbst saß in dieser Nacht noch lange am geöffneten Fenster seines Zimmers und starrte in die Nacht hinaus. Der Regen rauschte eintönig. Kühle, reine Luft strömte von draußen ins Zimmer, in dem noch die Schwüle des Gewittertages eingefangen war.

Werner versuchte Klarheit in seine Gedanken zu bringen. Er fühlte sich leer, wie ausgebrannt; und er wußte nicht, wie er sich entscheiden sollte.

Ließ er allein das Herz sprechen, dann entschied er sich für Maria. Das bedeutete, viel, wenn nicht alles aufzugeben. Unmöglich konnte er dann nach diesem Abend mit Sonja noch länger auf Adlig Wiesen bleiben.

War aber die Entscheidung nicht schon längst gefallen, als er Sonja küßte? Sie betrachtete sich nun als mit ihm verlobt, und er hatte ihr nicht einmal widersprochen. Gab es da überhaupt noch ein Zurück? War es nicht das beste, wenn er diesen Weg konsequent weiterging?

Aber konnte er Maria das antun? Würde sie darüber hinwegkommen? In dieser Nacht schob er die endgültige Entscheidung noch von sich fort.

XIV
Der Brief

Nach dem schweren Gewitter hatte es tagelang geregnet. Auch am Freitagmorgen wurde Maria durch das Rauschen des Regens aus dem Schlaf geweckt. Sie hatte in der Nacht schlecht geschlafen und einen bösen Traum gehabt, an dessen Einzelheiten sie sich nicht mehr erinnern konnte.

Maria war an diesem Tag von einer seltsamen Unruhe befallen. Von Werner war noch immer kein Brief gekommen. Dabei müßte er längst von seiner Reise zurück sein! Immer wieder hatte sie vergeblich nach dem Briefträger Ausschau gehalten. Entweder brachte er nur Post für den Vater, oder er ging an ihrem Haus vorbei.

Dieser Vormittag wollte nicht vorübergehen. Maria sah von Zeit zu Zeit durch die vom Regen beschlagenen Fensterscheiben hinaus. Kein Briefträger weit und breit.

Endlich sah Maria ihn den Weg vom Dorf heraufkommen. Sie ging hinaus und erwartete ihn in der Vorlaube.

„Heute habe ich Post für Sie, Fräuleinchen", sagte er freundlich und überreichte ihr einen Brief. Es war der lange erwartete von Werner.

Maria steckte den Brief in ihre Schürzentasche und lief eilig die Treppe zu ihrem Zimmer hinauf. Das Herz klopfte ihr bis zum Hals, als sie den Umschlag öffnete.

Sie fühlte es, dieser Brief bedeutete die Entscheidung.

Werner schrieb:

Liebe Maria!

Die Erwartungen, mit denen ich in der vergangenen Woche meine Reise ins Westpreußische antrat, haben sich leider zerschlagen. Es ist bei der heutigen Wirtschaftslage überhaupt zweifelhaft, ob es mir jemals gelingen wird, eine Pacht zu bekommen.

So wäre es verantwortungslos, Dir weiterhin Hoffnung zu machen, die ich vielleicht niemals erfüllen kann. Deshalb habe ich es mir reiflich überlegt und lange mit mir gekämpft, bis ich mich zu dem Entschluß durchgerungen habe, auf eine Verbindung mit Dir zu verzichten. Glaube nicht, daß es mir leichtgefallen ist! Es war eine unvergeßlich schöne Zeit, die ich mit Dir verbracht habe. Ich werde jede Stunde davon in Erinnerung behalten. Wenn ich Dir auch im Augenblick weh tun muß, so wirst Du später vielleicht doch erkennen, daß es nur zu Deinem Besten geschah.

Du bist so jung, Maria, das ganze Leben liegt noch vor Dir! Ich wünsche Dir von ganzem Herzen das Beste für die Zukunft, die für Dich bestimmt viel Gutes und Schönes bereithält. Dann noch etwas: Es ist wohl am besten, wenn wir uns vorläufig aus dem Weg gehen. Ein Wiedersehen, eine Begegnung würde uns beiden unnötig alles noch schwerer machen.

Denke im Guten an mich zurück, liebe Maria. Sei tapfer, wie ich es auch sein werde!

Werner"

Maria stand wie erstarrt da. Was Werner hier schrieb, konnte doch nicht wahr sein! Immer wieder las sie den Brief, so, als hätte sie seinen wahren Sinn noch nicht verstanden. Ein tiefer Schmerz überkam sie. Vor ihren Augen begann alles zu verschwimmen. Sie hatte gerade noch die Kraft, sich auf den nächsten Stuhl zu setzen.

Draußen schlug der Regen eintönig gegen die Fensterscheiben. Grau und trostlos erschien alles.

Später konnte sie es sich selber nicht erklären, wie sie es an jenem Tag fertigbrachte, wieder an die Arbeit zu gehen, Antwort auf Fragen zu geben und sich mit den anderen an den Mittagstisch zu setzen.

„Bist du krank, Maria?" hatte der Vater sie besorgt gefragt. „Du siehst blaß aus, und du ißt ja kaum etwas!"

„Ich habe Kopfschmerzen", gab sie zur Antwort. Das entsprach auch der Wahrheit, ihr Kopf schmerzte zum Zerspringen.

Wie ein Stein lag es auf ihrer Seele. Zeitweise glaubte sie, ersticken zu müssen. Und immer wieder bohrte der quälende Gedanke in ihr: Wie war es nur dazu gekommen, daß Werner ihr diesen Brief schrieb?

War er von einem Dritten beeinflußt worden? Wie sie ihn kannte, handelte er immer aus eigenem Entschluß.

Etwas ganz Außergewöhnliches mußte geschehen sein, der Grund konnte nicht allein in dem Mißerfolg seiner Reise liegen. Sie mußte Werner so bald wie möglich sprechen, mußte ihn wiedersehen! Würde er es wirklich fertigbringen, wenn er ihr gegenüberstand, in die Augen sah, würde er dann noch bei seinem Entschluß bleiben, sich von ihr zu trennen?

Je mehr der Tag dem Abend zuging, um so fester war Maria entschlossen, noch heute in der Dämmerstunde zum Gut hinüberzugehen, um mit Werner zu sprechen.

Sie wählte diese Zeit, weil sie dann am besten von zu Hause fortkonnte und weil sie Werner dann bestimmt antreffen würde.

Wie er ihr erzählt hatte, hielt er sich abends meistens im Gutsbüro oder in seinem Zimmer auf, das im selben Seitenflügel lag.

Vielleicht konnte sie durch den Hintereingang unbemerkt zu ihm gelangen.

Den Ihrigen wollte sie sagen, sie ginge zu Elfriede nach Krottken.

„Aber Maria", meinte das Barbchen besorgt, „willst du wirklich bei diesem miserablen Wetter fort? Du hast doch über Kopfschmerzen geklagt."

„Es ist nicht mehr so schlimm", erklärte Maria. „Die frische Luft wird mir guttun. Der Regen hat fast aufgehört."

„Frag lieber deinen Vater", riet Barbchen, „der sieht es nicht gern, wenn du so spät noch fortgehst!"

Marias Vater sah kaum von der Arbeit auf, als sie ihm sagte, sie wolle nach Krottken zur Freundin. Er saß am Schreibtisch und machte Notizen. In der kommenden Woche begann die Kartoffelernte. Dann würde er kaum mehr dazu kommen, seine Aufzeichnungen zu machen. „Ja, geh nur", sagte er zerstreut. „Grüß alle und komm nicht zu spät heim!"

Die Dämmerung lag über dem Land, als Maria auf dem Weg zum Gut dem Wald zueilte. Es hatte zu regnen aufgehört. Der Himmel war von dunklen, dahinfliegenden Wolken zerrissen. Es herrschte eine eigenartige, gespannte Atmosphäre.

Im Wald umfing Maria eine wunderbare Stille. Nur von den regennassen Bäumen tropfte es. Noch war der September nicht vorbei. An diesem kühlen, grauen Abend aber lag schon ein Hauch jener gedämpften Schwermut über der Natur, wie man sie sonst erst im November beobachtet. Maria fiel die letzte Strophe eines Gedichtes ein, dessen Sinn sie erst jetzt richtig zu verstehen glaubte:

> Fern der Sommer mit den Träumen,
> alles ist Vergänglichkeit –
> leise tropft es von den Bäumen –
> große, graue Einsamkeit!

Sie erreichte die Wegkreuzung, wo ihr Werner an jenem strahlenden Junitag vor zwei Jahren zum erstenmal begegnet war.

Wie vergänglich waren die Dinge auf dieser Erde! Wie schnell verging ein Sommer – verging ein Jahr!

Hatte es Maria am Anfang des Weges sehr eilig gehabt, so wurden ihre Schritte jetzt, je näher sie dem Ziel kam, immer langsamer. Als sie die Lichter des Gutes aus der Dämmerung leuchten sah, wäre sie am liebsten umgekehrt.

Nun hatte sie die Lindenallee erreicht, die direkt auf das Gut zuführte.

Die Eingangstür zum Park war offen. Zögernd schritt sie auf dem Kiesweg durch den Park zum Seitenflügel des Hauses. Zwei Fenster im Erdgeschoß waren hell erleuchtet. Ob das Werners Zimmer war – ob er sich dort aufhielt?

Leise schlich Maria über den regennassen Rasen auf die erleuchteten Fenster zu. Die Vorhänge waren nicht zugezogen, so daß sie hineinsehen konnte. Was sie dort sah, ließ sie sekundenlang erstarren, dann aber lief sie wie gehetzt den Weg durch den Park zur Eingangspforte zurück. Vom Hof her hörte sie einen Hund bellen und eine Stimme, die ihm etwas zurief. Dann war wieder alles still.

Wie eine Schlafwandlerin ging Maria durch die Lindenallee den Weg zurück. Noch bevor sie den Wald erreicht hatte, wurde sie von einem heftigen Regenguß bis auf die Haut durchnäßt.

Maria achtete nicht darauf. Sie lief weiter durch den Regen, bis sie im Wald die Stelle erreichte, wo der Weg ein Stück am Woreiner See entlangführt.

Dort stand unter einer hundertjährigen Eiche eine rohgezimmerte Bank, von der aus man bei Tag einen herrlichen Blick über den See hatte. Maria setzte sich auf die Bank und gab sich ganz ihrem Schmerz hin.

Sekundenlang hatte sie in Werners Zimmer hineingesehen, doch das Bild, das sich ihr geboten hatte, würde sie niemals vergessen können. In diesen Sekunden war für sie eine Welt eingestürzt.

Werner hatte am Schreibtisch gesessen und in ein Schriftstück hineingeschaut. Sonja von Bronski stand dicht an ihn geschmiegt, einen Arm zärtlich um seine Schulter gelegt.

In diesem Augenblick waren ihr die Zusammenhänge aufgegangen. Das also war der Grund, warum ihr Werner diesen Abschiedsbrief geschrieben hatte! Er wollte frei sein, frei für Sonja von Bronski!

Hätte sie die Nachricht von seinem Tod bekommen, wäre ihr Schmerz kaum größer gewesen. Dann wäre die Erinnerung an ihn ein Leben lang ungetrübt geblieben. Sie würde ihn über den Tod hinaus geliebt haben. Doch nun war alles zerstört, sie war innerlich leer, wie ausgebrannt. Nie mehr würde sie nun einem Menschen so vertrauen können, nie mehr einen Menschen so lieben können, wie sie diesen Menschen geliebt hatte.

Vom See her wehte ein kalter Wind. Weit in der Ferne sah sie über den See ein Licht aus der Dunkelheit schimmern.

Es kam von ihrem Elternhaus her.

Möglicherweise waren der Vater oder Johann ihr den Weg nach Krottken entgegengegangen. Was geschah, wenn man feststellte, daß sie gar nicht dort gewesen war? Wie sehr würde sich allein Elfriede, die in den nächsten Wochen ein Kind erwartete, ängstigen!

Diese Gedanken trieben Maria heimwärts. Sie fühlte sich elend, als sie durch den Regen weiterging. Ihr Gesicht war heiß, als ob sie fieberte. Immer wieder liefen ihr kalte Schauer über den Leib.

Endlich führte der Weg aus dem Wald heraus. Die Äcker von Woreinen begannen. Vom Dorf her sah Maria den Schein einer Laterne. Sollte es jemand von den Ihrigen sein, der sie suchte?

Sie hatte richtig vermutet. Bald darauf standen der Vater und Johann vor ihr.

„Gott sei es gedankt, Maria, daß wir dich gefunden haben!" rief der Vater. Er schien seltsam erregt.

„Wir suchen dich seit einer Stunde, nachdem wir dich bei Elfriede nicht angetroffen haben."

Maria fühlte ein schmerzhaftes Stechen in der Brust. Der Schein der flackernden Laterne wuchs riesenhaft in die Nacht hinein – dann wurde es dunkel um sie. Johann konnte sie gerade noch auffangen, ehe sie die Besinnung verlor.

XV
Der Arzt

Inzwischen war der Herbst vergangen, und das Land lag zum Winterschlaf gerüstet da.

An manchem Morgen hatte schon Reif am Boden gelegen. Die Silhouetten der entlaubten Ahornbäume, die auf der Spitze der Landzunge wuchsen, hoben sich schwarz vom grauen Himmel ab. Maria hatte ihren Sessel an das Fenster geschoben und sah hinaus. Der Nebel, der über dem Land lag, ließ kaum einige Meter Sicht zu. Viele Wochen war Maria krank gewesen. Sie durfte erst seit einigen Tagen für kurze Zeit aufstehen. Heute wollte sie zum erstenmal bis zum Abend aufbleiben.

Krähen flogen krächzend über das Haus dem Wald zu. Maria sah ihnen nach, bis sie im Nebel verschwanden. Während der langen Nächte ihrer Krankheit hatte sie vom Garten her oft den Ruf eines Käuzchens vernommen. Nun, da sie dem Tod so nahe gewesen war, fürchtete sie den Schrei dieses Nachtvogels nicht mehr.

Nachdem Maria vor den Augen des Vaters zusammengebrochen war, hatte man noch in der gleichen Nacht den jungen Arzt aus Krottken geholt. Dr. Reimann stellte eine schwere Lungenentzündung fest. Auf dem Höhepunkt dieser heimtückischen Krankheit hatte Maria zwischen Tod und Leben geschwebt. Dr. Reimann tat alles, was im Bereich des Möglichen lag. Während der Krise war er kaum von ihrem Bett gewichen. Er hatte eine ganze Nacht bei ihr gewacht und war erst wieder aus dem Haus gegangen, als er die Gewißheit hatte, daß sie am Leben bleiben würde. Später, als sie körperlich langsam genas, nahm sie kaum Anteil an ihrer Umgebung. Der junge Arzt war es, der sie mit seinem Optimismus zu sich selbst zurückführte.

Obwohl nur einige Wochen zwischen ihrer Erkrankung und der Gegenwart lagen, kam sich Maria um Jahre gealtert vor. Die bittere Enttäuschung, die ihr Werner zugefügt hatte, hatte eine Wunde in ihr Herz geschlagen, die nur sehr langsam verheilen würde. Hier, in der Geborgenheit ihrer vier Wände, fühlte sie sich wohl. Aber sie fürchtete sich vor dem Augenblick – und er stand nahe bevor –, da sie wieder die Treppe hinuntergehen würde und der Alltag begann. Sie hatte Angst vor diesem Augenblick.

Auch jetzt, da sie keine ärztliche Hilfe mehr brauchte, kam Dr. Reimann noch ins Haus. Es vergingen kaum zwei Tage, an denen er sie nicht besuchte. Marias Vater war dem Arzt in den

Tagen, als er um Marias Leben bangte, nahegekommen. Sie hatten manches gemeinsam. Dr. Reimann war genauso ein Bücherwurm wie er. An manchen Abenden saßen die beiden stundenlang in Vaters Zimmer. Mitunter konnte Maria die warme, sympathische Stimme Dr. Reimanns vernehmen, wenn im Hause alles still war und nur die Dachsparren und die Diele knarrten. Sie freute sich schon immer auf diese Besuche und wurde unruhig, wenn Dr. Reimann einmal zwei Tage ausblieb. Der junge Arzt flößte ihr Zuversicht und Vertrauen ein. Äußerlich ein wenig unscheinbar, mittelgroß und schlank, mit etwas schütterem, blondem Haar, sah man ihm auf den ersten Blick nicht gleich den Arzt an. Doch schon nach den ersten Worten spürte man, daß Dr. Reimann ein kluger Mann war, ein Mensch mit einem warmen Herzen für seine Mitmenschen – ein Arzt im wahrsten Sinne des Wortes. Er war Freund und Helfer der Kranken, aber auch der Gesunden. Es gab kaum noch jemand in den Dörfern weit und breit, der Dr. Reimann kein Vertrauen entgegenbrachte. Man sprach von ihm nur noch als von „unserem Doktor", so als hätte er keinen anderen Namen.

Nun hatte er sich einige Tage nicht sehen lassen, und Maria wartete ungeduldig auf ihn.

Maria erhob sich, um die Tischlampe anzuzünden, da es dunkel wurde. Es war eine alte Lampe mit einem Fuß aus Messing und einer elfenbeinfarbenen Porzellanglocke, die mit Heckenrosen bemalt war. Die Lampe hatte Marias Mutter gehört, wie manches andere Möbelstück in ihrem Zimmer hier. Der schöne alte Bauernschrank stammte noch aus Urgroßvaters Zeiten, er war bunt bemalt. Auch die schwere Eichentruhe mit den kostbaren, schmiedeeisernen Beschlägen kam aus dem Familienbesitz, während der zierliche Sekretär aus Mahagoniholz und der kleine runde Tisch Erbstücke aus der Familie des Vaters waren.

Der bunte Kachelofen strömte eine wohltuende Wärme aus. Seit ihrer Krankheit fror Maria leicht. Sie konnte es nicht warm genug bekommen.

Maria liebte ihr kleines Reich. Sie fühlte sich seit jeher in ihrem Zimmer so wohl und geborgen wie nirgendwo sonst. Einmal hatte sie geglaubt, sie könnte Werner zuliebe das alles aufgeben. Erst nachdem sie Schweres erlebt hatte, erkannte sie, wie sehr sie mit ihrem Zuhause, mit dem Dorf Woreinen verwurzelt war. Ihr war es jetzt erst so richtig bewußt geworden, wie viele gute und wertvolle Menschen es hier in Woreinen gab. Nicht nur die Ihrigen, die ihr schon immer nahe gestanden hatten, sondern auch viele Dorfbewohner.

Sie alle hatten rührend Anteil an ihrem Schicksal genommen und ihr während der Krankheit kleine Geschenke zukommen lassen. Fast aus jedem Haus war in den Wochen, da sie Besuche empfangen durfte, jemand gekommen. Angefangen von der Ottka, die ihr einen Steintopf mit eingemachten Moosbeeren brachte und ein Körbchen mit getrockneten Steinpilzen, bis zu ihrem Freund aus Kindertagen, Herbert Kühn. Auch Kinder hatten sie besucht. Da kam der Leo Hannowski mit dem kleinen Bruder Franz an der Hand und brachte ihr ein Dutzend frische Eier.

„Die hat mein Hühnchen für dich gelegt", sagte der kleine Franz, den sie besonders in ihr Herz geschlossen hatte. „Iß die aber auch ganz alleine, Maria, damit du wieder ganz gesund wirst! Wirst du dann wieder mit mir auf dem See Kahnchen fahren?"

„Du Dummchen!" verwies ihn der elfjährige Leo. „Der See wird bald zugefroren sein. Dann können wir Schlittschuh laufen."

Dieser Besuch hatte Maria besondere Freude gemacht. Sie liebte Kinder und holte sie oft zu sich in den Garten, wenn sie dort zu tun hatte. Es kam niemals ein Kind zu ihnen, das nicht ein Stück Kuchen, einen Apfel oder ein Bonbon von ihr bekommen hatte. Ja, sie liebte sie alle, die großen und die kleinen Kinder von Woreinen.

Nun hörte sie ein Auto auf den Hof fahren. Das konnte nur Dr. Reimann sein. Ein anderer Wagen verirrte sich nicht zu ihnen. Maria zog ein wenig erregt das Tischtuch zurecht, sah sich prüfend im Zimmer um, ob auch nichts herumlag, und strich sich eine Haarsträhne zurück, die ihr ins Gesicht gefallen war. Er kam schon die Treppe herauf, dieses Mal sehr eilig. Sonst hatte sich der Arzt immer noch ein wenig bei Barbchen in der Küche aufgehalten, wenn der Vater nicht im Hause war. Heute kam er direkt zu ihr. Er klopfte an die Tür und begrüßte sie mit lachendem Gesicht.

„Guten Abend, Fräulein Warnat, da komme ich gerade zu einem kleinen, gemütlichen Plausch am warmen Ofen zurecht! Draußen ist es ganz schön kalt. Schnee liegt in der Luft! Ich darf mich doch zu Ihnen setzen? Heute habe ich eine besonders erfreuliche Nachricht für Sie!"

Maria sah ihn erwartungsvoll an.

„Also, ich komme gerade von Ihrer Freundin Elfriede", sagte er verschmitzt lächelnd. „Und raten Sie, was ich Ihnen berichten soll?"

„Sagen Sie es schon, Doktor", rief Maria freudig erregt.

„Ist das Kindchen da? Was ist es, ein Mädchen oder ein Junge?"

„Ein Mädchen, und Mutter und Kind geht es gut. Die Geburt verlief normal, nur ganz am Schluß mußte ich unserer Hebamme noch ein wenig assistieren. Ein richtiges Prachtmädel ist sie, die kleine Marjell, und genauso hübsch wie ihre Patentante!"

„Wie wird sie denn heißen, wer ist überhaupt die Patentante? Eine Schwester des jungen Vaters sollte es doch werden."

„So? Dann haben die es sich anders überlegt. Nein, Patentante sollen Sie sein! Das Kind soll Ihren Namen bekommen. Deshalb kam ich auch gleich hierher, um Ihnen das auszurichten. Ihre Freundin läßt Sie grüßen, Sonntag in einer Woche ist Taufe. Sie sollten sich jetzt aber viel Mühe geben, daß Sie dann schon ganz auf der Höhe sind. Wie ist es, Fräulein Maria, Sie fühlen sich doch so weit wohl, daß Sie in gut einer Woche eine kleine Fahrt nach Krottken unternehmen können?"

„Natürlich, ich bin auf einmal so munter, daß ich am liebsten gleich morgen früh wieder an die Arbeit gehen möchte", erklärte Maria strahlend.

„Nur nicht gleich übertreiben! Aber morgen mittag können Sie wieder am gemeinsamen Mittagstisch teilnehmen!" dämpfte der Arzt ein wenig ihre Freude. Er hatte Maria noch nie so unternehmungslustig erlebt. Die krankhafte Blässe war aus ihrem Gesicht verschwunden, wenn es auch noch schmal und durchsichtig wirkte. Sie sah rührend jung aus in ihrer Zartheit.

Maria überschüttete den Arzt mit hunderterlei Fragen, ob es der Freundin wirklich gutginge, ob sie viel habe durchmachen müssen, was für Augen die kleine Maria hätte und ob sie mehr dem Vater oder der Mutter gliche. Sie konnte gar nicht genug über die kleine Maria erfahren.

„Nun muß ich aber weiter", sagte Dr. Reimann, nachdem er ihre Fragen, so weit es ihm möglich war, beantwortet hatte. „Es warten noch einige Kranke auf mich", erklärte er. „Am Sonntagnachmittag komme ich wieder. Darf ich mich selbst zum Kaffee einladen? Vielleicht gibt es sogar einen Napfkuchen mit Rosinen. Das ist nämlich mein Lieblingskuchen. Ich habe schon Wunderdinge von Ihren Backkünsten gehört. Sie werden ihn doch selber backen?"

„Natürlich! Aber was Sie da gehört haben, ist übertrieben", wehrte Maria die Vorschußlorbeeren ab. „Sie können sich ja selber am Sonntag ein Urteil bilden – vergessen Sie nur nicht, pünktlich nachmittags um vier!"

„Wenn kein dringender Fall dazwischenkommt, bin ich Punkt

vier Uhr da. Sonst fangen Sie bitte ohne mich an und heben mir etwas auf. Sie wissen ja, ein Landarzt kann niemals frei über seine Zeit verfügen."

Als Dr. Reimann sich von Maria verabschiedete, fragte sie: „Wer ist übrigens der Patenonkel – das habe ich ganz zu fragen vergessen!"

In den Augen des jungen Arztes saß der Schalk, als er antwortete: „Erschrecken Sie nicht, das bin ich! Es ist Ihnen hoffentlich recht?"

„Warum sollte es mir nicht recht sein?" Maria errötete. „Ich könnte mir keinen besseren Patenonkel für die kleine Maria wünschen!"

„Das ist das Netteste, was Sie mir bisher gesagt haben, Maria!" Seine Augen strahlten, als habe er das Große Los gewonnen. Mit einem festen Händedruck verabschiedete er sich.

Seit ihrer Krankheit hatte sich Maria noch nie so wohl gefühlt wie an diesem Abend nach dem Besuch des Arztes.

Ihre Gedanken gingen immer wieder zu Elfriede und der kleinen Maria. Ihr Leben lang wollte sie sich um ihr Patenkind kümmern, dem sie mehr Glück wünschte, als sie gehabt hatte –; vor allem keine so bittere Enttäuschung, wie sie ihr widerfahren war.

XVI
Eine Entscheidung

Der Wecker auf Monikas Nachttisch rasselte. Sie stellte ihn ab und blieb im warmen Bett liegen. An diesem Morgen wäre Monika am liebsten überhaupt nicht aufgestanden. Ihr war so elend zumute wie noch nie im Leben. Wenn sie schlief, dann vergaß sie wenigstens ihren Kummer und die Sorgen, die sie bedrückten. Doch es half nichts, sie mußte aufstehen. Der graue Alltag begann.

Monika erhob sich unwillig. Es war kalt im Zimmer. Das Waschwasser war mit einer dünnen Eisschicht überzogen. Der kleine eiserne Ofen ging immer zu schnell aus, da half auch kein Nachlegen, bevor sie abends zu Bett ging.

Wenn ihr nur nicht immer gerade morgens so übel gewesen wäre! Es wurde von Tag zu Tag schlimmer. Dabei hatte sie am Morgen sehr viel zu tun. Was sie früher mit Leichtigkeit geschafft hatte, das fiel ihr jetzt schwer. Es kostete sie die größte Willenskraft, sich nichts anmerken zu lassen.

Als Monika in die Küche zur Frida kam, war es dort schon gemütlich warm. Das Feuer prasselte im Herd. Die Köchin trank bereits einen extra starken Bohnenkaffee. Monika ließ sich überreden, auch ein Täßchen zu nehmen, obwohl sie wußte, daß er ihr jetzt nicht bekam, wenn sie sich auch in den ersten Minuten besser fühlte.

Bevor Monika im Eßzimmer den Frühstückstisch deckte, öffnete sie die Tür zum Balkon und trat hinaus; tief atmete sie die frische, kalte Winterluft ein.

Die Roonstraße unter ihr lag im morgendlichen Grau ruhig da. Niemand war zu sehen außer einem Bäckerjungen, der pfeifend die Straße daherkam. Monika konnte nur kurz hier verweilen. In wenigen Minuten würde Herr Gehrke zum Frühstück erscheinen. Bald darauf pflegte seine Frau zu kommen. Christine schlief natürlich noch, sie stand nicht vor neun Uhr auf. Schade, dachte, Monika, während sie den Tisch deckte, daß Ruth nicht mehr im Hause ist!

Ruth hatte im vergangenen Herbst geheiratet und wohnte nun weit draußen in Jakobsberg. Sie war immer nett zu Monika gewesen und hatte ihr mehr als einmal geholfen.

Als Monika dann das Frühstück brachte – es gab an diesem Morgen Rührei mit Butter – wurde ihr plötzlich so übel, daß sie das Tablett rasch auf den Tisch abstellen mußte. Sie lief eilig zur

Toilette. Bald hatte sie sich wieder in der Gewalt und konnte ihr plötzliches Verschwinden damit begründen, sie habe das Sahnekännchen in der Küche vergessen. Herr Gehrke sah nicht einmal von seiner Zeitung auf, die er allmorgendlich beim Frühstück las. Frau Gehrke blickte Monika vorwurfsvoll an. Sie sagte aber nichts. Später, als der Hausherr schon ins Büro gefahren war und Monika noch ein Kännchen frischgebrühten Kaffee auftrug, meinte Frau Gehrke:

„Was fehlt Ihnen eigentlich, Monika? Mir fällt schon seit einiger Zeit auf, daß Sie verändert sind. Da stimmt doch etwas nicht! Sind Sie vielleicht krank? Waren Sie überhaupt schon einmal beim Arzt?"

„Mir fehlt wirklich nichts, gnädige Frau", beeilte sich Monika zu sagen. „Vielleicht habe ich mir den Magen verdorben. Seit ein paar Tagen vertrage ich nichts und muß mich mit dem Essen sehr in acht nehmen."

„Sonderbar", meinte Frau Gehrke und sah Monika prüfend an. Doch lag in diesem Blick, wie es Monika schien, auch Mißtrauen.

„Ich möchte aber, daß Sie bald unseren Hausarzt aufsuchen, das bin ich schließlich Ihren Eltern schuldig. Soll ich Sie gleich heute telefonisch anmelden?"

Monika erschrak. Alles, nur das nicht – sie brauchte keinen Arzt! Vor allem nicht den Hausarzt der Familie!

„Bitte, gnädige Frau, mir fehlt wirklich nichts! Ich habe eine kleine Magenverstimmung, sonst nichts. Wenn es nicht bald besser wird, kann ich ja mal zu einem Arzt gehen. Am liebsten dann, wenn ich im Urlaub nach Hause fahre, zu unserem Dr. Reimann."

Frau Gehrke gab sich damit zufrieden. Monika konnte wieder an die Arbeit gehen. Sie dachte aber nicht daran, Dr. Reimann oder einen anderen Arzt aufzusuchen. Was ihr fehlte, das wußte sie selbst. Da konnte ihr kein Arzt helfen.

Jeden Mittag, nach dem Abwasch, ging Monika für eine halbe Stunde hinauf in ihr Zimmer, um den Ofen anzuheizen und sich ein wenig auszuruhen. Bevor sie an diesem Nachmittag wieder an die Arbeit ging, holte sie aus dem Schränkchen, in dem sie ihre Wäsche aufbewahrte, einen Brief hervor, den sie am Abend vorher geschrieben hatte. Sie überlas ihn noch einmal, bevor sie ihn zuklebte und frankierte.

Er war an den Fabrikanten Hubert Schmitz in Düsseldorf adressiert. Sie wollte ihn gleich jetzt zum Briefkasten bringen.

„Du wirst dich wundern, lieber Rolf!" sagte sie halblaut vor sich hin, während sie den Brief in ihre Schürzentasche steckte. Mehrere Briefe, die sie ihm innerhalb der letzten drei Wochen geschrieben hatte, waren unbeantwortet geblieben. Darum wandte sie sich jetzt an seinen Vater. Sollte er die Wahrheit erfahren – Monika sah keinen anderen Ausweg.

Eine große Menschenmenge strömte nach dem Hochamt aus der Herz-Jesu-Kirche. An diesem Tag war es bitter kalt. Die meisten Kirchenbesucher hatten es eilig, nach Hause zu kommen. Es schneite große, dicke Flocken. Ernst Konopka, der seitlich vor dem Portal stand und nach Monika Kramkowski Ausschau hielt, hatte seinen Mantelkragen hochgeschlagen.

Er war erst vor einer Stunde mit dem Berliner Zug in Allenstein eingetroffen, hatte sich gerade so viel Zeit genommen, um nah beim Bahnhof in einem kleinen Hotel ein Zimmer für diese Nacht zu bestellen und den Koffer dort zu lassen. Dann war er gleich zur Roonstraße gegangen, um Monika mit seinem Besuch zu überraschen. Am nächsten Tag erst wollte er mit der Bahn nach Guganken weiterfahren. Von dort würde ihn Onkelchen Biallusch mit dem Schlitten abholen.

Seit ihrer zufälligen Begegnung im letzten Sommer hatte Ernst mit Monika einige Karten gewechselt.

Einmal schrieb er ihr auch einen Brief, den sie aber nur mit einer Ansichtskarte beantwortete.

Nun hatte Ernst in der vorigen Woche von Monika einen ziemlich wirren Brief erhalten, aus dem er nicht schlau wurde. Sie bat ihn, ihr im Westen irgendwo eine Stelle im Haushalt zu besorgen. Sie könne nicht mehr länger in Allenstein bleiben. Er las es mehr zwischen den Zeilen, daß es ihr nicht gutging und daß sie Hilfe brauchte.

Bei Gehrkes erfuhr Ernst, daß Monika in der Kirche war und daß sie an diesem Sonntag frei habe.

„Sie gehen am besten gleich zur Kirche. Die Andacht ist in wenigen Minuten zu Ende. Wenn Sie Glück haben, dann treffen Sie Monika vor der Kirche. Es ist nicht sicher, ob Monika hierherkommt. Sie wollte zu einer Freundin“, riet ihm Frau Gehrke.

Nun stand Ernst vor der Kirche und schaute vergeblich nach Monika aus. Schon traten die letzten Kirchgänger aus dem Portal, und er konnte Monika noch immer nicht entdecken! Sollte sie die Kirche durch einen Nebenausgang verlassen haben?

Ernst war sehr niedergeschlagen. Er mußte Monika unbedingt heute sehen und sprechen. Es hing so viel für sie beide von dieser Begegnung ab.

Es hatte aber wohl keinen Sinn mehr, hier noch länger zu warten. Doch, da kam noch jemand! Fast hätte Ernst die Monika nicht wiedererkannt, so verändert sah sie aus.

Elend war sie geworden, ganz schmal im Gesicht. Sie schien geweint zu haben. Ihre Augen waren rot umrändert. Was war geschehen?

„Monika", rief er sie leise an, als sie an ihm vorbeigehen wollte. Monika schrak zusammen und sah auf.

„Ernst, du?" Sie sah ihn groß an. „Wie kommst du hierher?"

Monika schien sich nicht sonderlich über diese unerwartete Begegnung zu freuen. Dabei hatte Ernst sich das Wiedersehen ganz anders vorgestellt.

Es war kein richtiges Leben in ihr. Ihre dunklen, sonst so lebenssprühenden Augen sahen traurig und unglücklich aus.

„Ich bin auf der Durchreise nach Hause, komme direkt aus Dortmund", erklärte er. „Freust du dich denn nicht ein bißchen über unser Wiedersehen, Monika?"

„Natürlich freue ich mich, Ernst!" sagte sie, und für einen Augenblick leuchtete es in ihren Augen auf. „Wie kamst du denn auf die Idee, hier auf mich zu warten?"

„Ich war in der Roonstraße und wollte dich sprechen", sagte Ernst. Er fragte sie dann, ob sie heute Zeit für ihn hätte. Er wolle sie gern zum Mittagessen einladen. Später könnten sie vielleicht ein bißchen spazierengehen. „Ich bleibe nämlich bis morgen hier. Ich habe dir viel zu erzählen."

„Vorher muß ich aber noch rasch zu einer Freundin. Wenn du mitkommst und vor dem Hause auf mich wartest, dann habe ich für den Rest des Tages Zeit für dich!"

Monika freute sich mehr über dieses unerwartete Wiedersehen, als sie nach außen hin zeigte. Sie hatte nach der Kirche noch eine Weile vor einem Seitenaltar gekniet und die Gottesmutter Maria um Beistand in ihrer Not gebeten. Es erschien ihr wie ein Wunder, als sie dann den Ernst Konopka vor der Kirche traf. Er war ein guter Mensch und ihr aufrichtiger Freund, er würde auch ein Geheimnis, das man ihm anvertraute, nicht preisgeben, das fühlte sie. Und er würde ihr raten, was sie anfangen sollte.

So schritt Monika schon ein wenig getröstet an seiner Seite durch die Straßen der Stadt.

Zur gleichen Zeit saßen in Woreinen in der kleinen hellen Küche ihres Hauses Onkelchen Biallusch und Martchen am Tisch vor dem Fenster. Das Feuer im Kachelherd bullerte. Auf der Herdplatte schmorte in einem Brattopf der Schweinebraten, den es an diesem Sonntag zum Mittagessen geben sollte. Neben dem Herd lag die Katze und schnurrte, während Lumpi, der Spitz, es sich zu Füßen seines Herrn bequem gemacht hatte.

„Sieh, Bruno, wie es schneit!“ sagte Martchen und deutete auf das Fenster. „Wenn es so weiterschneit, sind wir morgen von der großen Welt abgeschnitten.“

„Was meinst du, Bruno?“ fuhr sie fort, „ob der Ernst nun schon in Allenstein ist? Was mag er dort vorhaben? Am Ende ist es ein Mädchen, das er dort besuchen will.“

„Hoffentlich“, meinte Onkelchen Biallusch trocken. „Er kann ja nicht ewig der Lydia Bartnik nachtrauern. Für uns wäre es nur von Vorteil, wenn er bald heiratet. Du bekämst dann Hilfe im Laden, und am Ende würde noch ein Kindchen in unserer Wiege liegen. Wenn auch nicht unser eigenes. Aber du würdest auch an einem anderen Kind deine Freude haben. Ist es nicht so, Martchen?“

Seine Frau sah versonnen vor sich hin und nickte Zustimmung.

„Mir wäre es aber lieber, er heiratete eine aus Woreinen oder Umgebung. So ein Stadtmädchen paßt schlecht aufs Land“, meinte sie.

„Na, Martchen, zerbrich dir nicht den Kopf um ungelegte Eier. Es kommt ja doch immer anders, als man denkt! Ich bin erst mal froh, daß der Ernst wieder zurückkommt nach Woreinen und uns die Wirtschaft abnimmt. Es fällt mir langsam alles schwer. Wir werden eben alt. Es war Zeit, daß wir uns nach einem umsahen, der das alles hier einmal übernimmt!“

„Es ist nur schade, daß es nicht unser Fleisch und Blut sein wird, sosehr ich den Ernst auch mag“, gab Martchen zu bedenken.

„Dafür wird beim Ernst alles in den besten Händen sein. Der liebe Gott weiß schon, was er tut. Und alles hat seinen Sinn, auch wenn wir Menschen das nicht immer erkennen.“

Darauf wußte Martchen keine Antwort, doch es war auch ihr aus der Seele gesprochen. Sie erhob sich und begann den Tisch zu decken; sie holte das alte Geschirr mit dem Zwiebelmuster aus dem Schrank, das Sonntagsgeschirr. Als sie ein Glas mit eingemachten Kirschen zum Nachtisch öffnete, klopfte es an der vorderen Haustür.

„Ich schau mal nach, wer da ist“, sagte Bruno Biallusch, „bestimmt jemand von den Kirchgängern, der rasch noch ein Päckchen Tabak oder sonst was holen will!“

„Komm aber gleich wieder, Bruno, das Essen ist gleich fertig", bat seine Frau.

„Bring schon alles auf den Tisch, ich bin sofort wieder da", erwiderte Bruno.

„Damit warte ich lieber, bis du wirklich da bist", rief ihm seine Frau nach. Sie wußte nur zu gut, daß es ohne ein bißchen Plachandern nicht abging.

„Nicht einmal an den Sonn- und Feiertagen hat man hier Ruhe vor den anderen", sagte sie vor sich hin, doch es klang nicht böse. Sie sagte das mehr aus Gewohnheit, als aus Überzeugung.

Es hatte zu schneien aufgehört. Nun kam sogar die Sonne aus den Wolken hervor. Ernst und Monika hatten im Hotel Kopernikus Mittag gegessen und wollten nun einen Spaziergang nach Jakobsberg machen.

Sie waren nicht die einzigen, die auf diesen Gedanken gekommen waren. In der Königsstraße trafen sie viele Allensteiner, die gleich ihnen unterwegs waren. Auch Kinder mit Schlittchen und Schlittschuhen befanden sich darunter. Einige große Pferdeschlitten fuhren mit lustigem Schellengeläute an ihnen vorbei.

„Mir ist immer ganz heimatlich zumute, wenn ich einen Pferdeschlitten sehe", sagte Ernst.

„Würde Woreinen näher an Allenstein liegen, hätte ich uns einen Spazierschlitten gemietet, und wir wären heute nach Woreinen gefahren. Du würdest doch mitkommen, Monika?"

Ihre Augen bekamen einen sehnsüchtigen Glanz.

„Ganz bestimmt, Ernst! Ich würde dann Urlaub nehmen. Ich habe noch einige Tage zu bekommen."

„Ich meine, du gehörst überhaupt nach Woreinen, Monika! Willst du noch lange hier in der Stadt bleiben?"

„Ich kehre gerne nach Hause zurück, doch ich fürchte, es wird nicht mehr möglich sein!"

„Na, warte erst mal ab", meinte Ernst, vieldeutig lächelnd. „Vielleicht kommst du schneller wieder zurück, als du denkst!"

Monika verstand den Sinn seiner Worte nicht. Merkte er, was mit ihr los war, und spielte er am Ende darauf an? Unmöglich, so etwas tat der Ernst nicht!

Nun hatten sie Jakobsberg erreicht und gingen durch die Anlagen zum Mummelteich, auf dem sich die Schlittschuhläufer tummelten.

Sie blieben eine Weile stehen und sahen dem lustigen Treiben zu.

„Komm, Monika, gehen wir weiter in den Stadtwald", schlug

Ernst vor. „Dort sind wir ungestört. Hier ist mir zu viel Betrieb."

„Ja, gehen wir zum Sportplatz Jakobsthal, das ist ein schöner Weg."

Schweigend gingen sie nebeneinander durch den tiefverschneiten Wald. Der Schnee auf den Bäumen glitzerte in der Sonne, und alles schien in einen Märchenwald verwandelt.

Dann begann Ernst plötzlich zu reden. Er erzählte von dem Brief, den er zu Weihnachten von Onkelchen Biallusch erhalten hatte. Der Hökereibesitzer hatte ihn darin gefragt, ob er nicht Lust habe, wieder nach Woreinen zurückzukommen.

„Weißt du", sagte Ernst, „dem Onkelchen wird alles zuviel. Ihn plagt sein Rheumatismus. Er ist ja auch nicht mehr der Jüngste. Nun soll ich die zehn Morgen Land bewirtschaften. Ich soll ihm überhaupt zur Hand gehen, ihn auf den Fahrten in die Stadt begleiten und später die Besorgungen ganz abnehmen, auch den kleinen Viehhandel für ihn weiterführen. Es wird ihm allmählich alles zuviel. Später soll ich alles von ihm übernehmen, schrieb er. Ich habe einiges gespart. Vielleicht verkauft mir die Ottka die vier Morgen Land, die ihr gehören. Ich wollte ja schon immer ein Häuschen bauen. Aber Onkelchen schrieb, das sei nicht nötig. Sein Haus sei so geräumig, daß noch eine zweite Familie darin Platz habe. Ja, er schrieb sogar, die Tante Martchen und er hofften, daß ich bald heirate. Ich kann dir die Stelle in dem Brief sogar auswendig hersagen: Wenn du, lieber Ernst, ein Mädchen kennst, das zu dir paßt, dann bring sie am besten gleich mit. Die könnte dann meiner Frau im Laden helfen und ihn später, wenn Martchen es nicht mehr schafft, ganz übernehmen. – Sag mal, Monika, ist das nicht ein Angebot? Ich habe natürlich gleich zurückgeschrieben, zumal ich dann auch noch deinen Brief erhielt, daß ich komme. Und nun bin ich da. Eher konnte ich nicht fort. – Aber du sagst ja gar nichts, Monika! Würde es dir nicht Spaß machen, hinter dem Ladentisch zu stehen und zu verkaufen?"

Sie waren stehengeblieben und sahen sich an. Monika hatte noch nicht alles begriffen und fragte:

„Wie meinst du das, Ernst?"

„Ich will damit sagen – ich meine – wir sollten heiraten! Sag Monika, willst du meine Frau werden?"

Monikas Augen füllten sich mit Tränen. Sie war mit ihrer Fassung am Ende.

„Ich möchte schon gerne, Ernst", sagte sie unter Tränen, „aber dafür ist es leider zu spät!"

Der Ernst nahm ihre Hand und drückte sie fest. „Sag mir, was du auf dem Herzen hast! Du hast doch Vertrauen zu mir?"

„Ja, Ernst, wie zu keinem anderen Menschen auf der Welt. Das ist es ja gerade! Du bist der einzige Mensch, der es gut und ehrlich mit mir meint!"

Nun erzählte sie ihm von Anfang an ihre Geschichte. Wie sie an jenem Sommertag zufällig im Café Grützner den Rolf Schmitz aus Düsseldorf kennengelernt hatte. Sie habe geglaubt, ihn zu lieben, habe ihm vertraut; er aber habe ihr die schönsten Versprechungen gemacht, wollte sie zu Weihnachten, wenn seine Volontärzeit in Allenstein abgeschlossen war, mit zu seinen Eltern nach Düsseldorf nehmen, und habe sie dann buchstäblich sitzenlassen.

„Die Eltern haben in Düsseldorf einen großen Konfektionsbetrieb, wie er mir erzählte", fuhr Monika fort. „Ich glaubte, ich würde an seiner Seite ein schönes Leben haben, wie ich es mir früher immer erträumte. Dann reiste er vor Weihnachten ab, mich aber nahm er nicht mit. Er versprach, mich bald nachzuholen. Aber bis heute habe ich außer ein paar Zeilen keine weitere Nachricht von ihm bekommen. Auch als ich ihm schrieb, daß ich ein Kind von ihm erwarte, antwortete er nicht. In meiner Verzweiflung habe ich dann an seinen Vater geschrieben. Wenn ich auch genug von diesem Lumpen habe, der mich im Stich ließ – für das Kind soll er jedenfalls aufkommen. Vor ein paar Tagen antwortete mir sein Vater. Er schrieb, der Rolf wäre schon so gut wie verlobt gewesen, bevor er nach Allenstein gekommen sei. Es täte ihm leid, daß ich seinem leichtfertigen Sohn Glauben geschenkt hätte. Aber an eine Ehe wäre nicht zu denken. Für das Kind wolle er sorgen, wenn es da wäre."

Monika war so erregt, daß sie nicht weitersprechen konnte.

Ernst legte tröstend den Arm um sie.

„Weine doch nicht, Monika", sagte er. „Es tut mir in der Seele weh, wenn du so verzweifelt bist!"

„Ach, Ernst, nun kann ich mich in Woreinen nicht mehr blikken lassen. Mein Vater ist ein guter Mann, doch in diesen Dingen stur. Er wird mir niemals verzeihen, daß ich ein uneheliches Kind bekomme. Ich gehe am besten weit fort von hier. Deshalb bat ich dich, mir eine Stelle zu besorgen, egal wo, die Hauptsache, niemand kennt mich. Ich will ja gerne arbeiten und für mein Kind sorgen. Es tut mir nur sehr weh, die Heimat verlassen zu müssen."

„Du wirst sie auch nicht verlassen", sagte Ernst entschlossen. „Ich frage dich noch einmal: Willst du meine Frau werden?

Wenn wir sofort heiraten, wird kein Mensch erfahren, daß es nicht mein Kind ist. Ich werde dem Kind meinen Namen geben, und es soll meinen Kindern, die wir einmal haben werden, in nichts nachstehen!"

Er strich Monika zart über das Gesicht und sah sie mit seinen guten Augen liebevoll an.

„Willst du das wirklich für mich tun, Ernst? Vielleicht bereust du das später?"

„Monika, so darfst du nicht reden. Du hast doch Vertrauen zu mir?" fragte er.

„Ja, Ernst, und ich bin auch ein anderer Mensch geworden", entgegnete Monika. „In den Stunden der Verzweiflung, da ich nicht wußte, wie alles weitergehen soll, bin ich zur Besinnung gekommen. Ich werde dir bestimmt eine gute Frau sein, Ernst. Das verspreche ich dir!"

„Monika, das glaube ich dir!" sagte Ernst feierlich. „Wir beide haben Schweres durchgemacht. Doch gerade dadurch haben wir zueinander gefunden. Lydia war meine erste Liebe, und ich werde sie niemals vergessen. Doch dich habe ich nicht weniger lieb, Monika, und ich hoffe, auch du hast mich in dein Herz geschlossen."

Monika war zu bewegt, um zu antworten. Sie sah ihn voller Liebe an. Und wieder kamen ihr die Tränen, doch dieses Mal waren es Tränen der Freude.

XVII
Die Kraniche kehren wieder

Die Natur war aus ihrem Winterschlaf erwacht. Schon blühte an windgeschützten Stellen im Wald der Seidelbast, und an hellen, klaren Abenden sang die Amsel ihr Lied im Garten.

Fast über Nacht war der letzte Schnee geschmolzen. Reste lagen nur noch dort, wo die Sonne nicht hinkam, eine unansehnliche, graue Masse.

An einem Sonntag Ende März ging Maria Warnat nach dem Mittagessen an den See zur Anlegestelle.

Johann hatte den großen Kahn, mit dem sie zum Fischen ausfuhren, an Land gezogen. Der kleine Kahn, der am Bootssteg festgemacht war, schaukelte auf den leichtbewegten Wellen. Silberhell, ganz vom Eis befreit, glitzerte der See in der Frühlingssonne; die Wellen trugen Gischtkrönchen.

Jetzt, da der dunkle, kalte Winter vorbei war, fühlte Maria sich wieder gesund und kräftig. Sie holte mit doppeltem Arbeitseifer nach, was sie in den langen Wochen der Krankheit versäumt hatte.

Der Vater mußte ihren Eifer bremsen und war darauf bedacht, daß sie sich schonte. Sie sollte sich nicht zuviel zumuten.

Maria lachte den Vater wegen seiner übertriebenen Sorge aus. „Nein, Vater", gab sie zur Antwort, „ich fühle mich wieder kerngesund. Und was das andere betrifft, so ist die Arbeit die beste Medizin."

Diese Weisheit war uralt. Maria hatte jetzt erst an sich selber erfahren, wie gut und heilsam Arbeit für ein wundes Herz ist. Nur nicht dauernd grübeln und über Dinge nachdenken, die nicht zu ändern waren, mit denen man sich abfinden mußte!

Vom Birkenwäldchen her erklang das Lied einer Singdrossel. Und Maria glaubte aus dem Gesang herauszuhören, wie dankbar die Kreatur dem Schöpfer für ihr Dasein war. Ist Dasein allein nicht schon eine Gnade? Zu leben, die reine Luft atmen zu können, die Sonne zu sehen, sich an ihr zu wärmen – ist das nicht Glücks genug?

Mußte man erst durch Schmerz hindurchgehen, um das begreifen zu können? Maria war durch das Dunkel hindurchgegangen. Nun war es wieder licht und hell.

Sie war so in Gedanken versunken, daß sie nicht merkte, was um sie herum geschah. Sie hatte nicht das Auto auf den Hof fahren hören und schrak unwillkürlich zusammen, als Schritte auf sie zukamen. Noch bevor sie sich umgewandt hatte, wußte sie, wer es war. Diesen leichten, aber bestimmten Schritt hatte nur einer: Dr. Reimann, der ihr in den schweren Stunden der Krankheit zu einem echten Freund geworden war.

Der junge Arzt kam seitdem oft zu Warnats. Er meldete sich nie vorher an. Er war einfach da, als gehöre er zu ihnen. Es verging kaum eine Woche, in der er nicht wenigstens einmal bei ihnen vorbeischaute.

Auch heute hatte Maria nicht gewußt, daß er sie besuchen würde.

„Guten Tag, Fräulein Maria“, begrüßte er sie mit strahlender Miene. „Haben Sie heute schon die Lerchen gehört? Ich habe den Wagen extra zwischen den Feldern angehalten, um sie singen zu hören. Die Wege sind aufgeweicht – es ist kaum ein Durchkommen. Sie müßten mal sehen, wie mein Wagen jetzt aussieht. Dabei habe ich ihn heute früh schön gewaschen, um Sie zu einer Fahrt in den Frühling einzuladen. Nun machen wir besser eine kleine Kahnpartie.“

„Gerne, wenn es Ihnen auf dem Wasser nicht zu kühl ist. Sie haben nur einen leichten Mantel an.“

„Ich bin abgehärtet. Haben Sie schon einmal gehört, daß ein Doktor krank wird? Ein Arzt hat dazu keine Zeit. Er muß immer gesund bleiben. Genauso wie ein Schneider sich selten die Zeit nimmt, um für sich selber einen neuen Anzug zu nähen.“

„Können Sie wenigstens schwimmen? So kräftig fühle ich mich nun doch wieder nicht, daß ich Sie rette, falls Sie ins Wasser fallen.“

„Sie können unbesorgt sein. Ich habe keine Lust, jetzt schon ein Bad im See zu nehmen. Da warte ich lieber bis zum Sommer!“

Unter solchen Neckereien stiegen sie ins Boot. Maria ruderte hinaus auf den See. Der junge Arzt erkannte sie heute kaum wieder. So fröhlich und ausgelassen hatte er sie noch nie seit ihrer Krankheit erlebt.

Sie sprachen nur wenig. Maria ruderte ruhig und gleichmäßig. Das Boot glitt sicher durch das Wasser.

„Würden Sie mich bitte zu der kleinen Insel dort rudern“, bat er sie.

„Gern. Aber an das Ufer kommen wir kaum heran. Es ist zu verschilft. Man müßte schon die Schuhe und die Strümpfe ausziehen, um mit dem Kahn ans Land zu kommen. Dafür aber ist das Wasser noch zu kalt.“

„Schade! – Aber sehen wir uns die Insel wenigstens aus der Nähe an.“

Maria erfüllte Dr. Reimann den Wunsch. Sie ruderte das Boot geschickt bis an den Schilfgürtel heran. Dann zog sie die Ruder ein und ließ den Kahn treiben.

Die kleine Insel war dicht bewachsen mit Weidenbüschen und Gestrüpp. Einige Birken ragten daraus hervor. Über allem lag der zarte grüne Schleier des Vorfrühlings.

Es herrschte eine wunderbare Stille ringsum. Man hörte nur das leise Plätschern der Wellen, die gegen den Kahn schlugen, und das vielstimmige Vogelgezwitscher auf der Insel.

„Die Ottka könnte Ihnen von dieser Insel eine alte Geschichte erzählen", unterbrach Maria das Schweigen. „Der König der Hechte soll hier im Schilf sein Reich haben. Der Sage nach muß er uralt sein und furchterregend aussehen. Lassen Sie sich die Geschichte einmal von der Ottka erzählen."

„Sie ist eine seltsame Frau, euer Kräuterweiblein. Ich habe sie vor kurzem in ihrer Hütte aufgesucht. Sie versteht wirklich etwas von Naturheilkunde. Ich unterhielt mich lange mit ihr über die natürlichen Heilkräfte."

Maria lächelte. „Seitdem Sie mich gesund gemacht haben, schwört die Ottka auf Sie. Früher hat sie ja auf alle Doktoren geschimpft, insbesondere auf die Apotheker – ich habe die Ottka sehr gern. Sie hat mir, als ich noch ein Kind war, das Weben beigebracht. Wir haben damals den Webstuhl meiner Großmutter vom Boden heruntergeholt und in unserer Wäschekammer aufgestellt. Tante Barbchen und ich haben dann Läufer und Decken gewebt, wenn wir in den langen Winterabenden viel Zeit hatten."

„Sie können aber auch alles, Fräulein Maria. Ich sagte es Ihnen schon einmal: Sie haben geschickte Hände."

Maria errötete bei diesem Lob. Er sagte selten so etwas, der junge Doktor. Er hatte überhaupt das Herz nicht auf der Zunge. Manchmal war er kurz, fast abweisend. Aber er besaß ein gutes, mitfühlendes Herz, das merkte sie an vielen Kleinigkeiten. Wie gut er mit Kindern umgehen konnte, überhaupt mit allen Menschen! Ihr Vater und der Johann hielten viel von ihm. Die Leute aus Woreinen und aus den anderen Dörfern konnten sich jetzt gar nicht mehr vorstellen, wie es früher ohne ihn gegangen war. Er wurde jetzt einfach nur „unser Doktor" genannt, seinen Namen hatte man darüber fast vergessen. Maria selbst fühlte sich in seiner Gegenwart wohl und geborgen, dabei war er nicht einmal zehn Jahre älter als sie und sah noch jünger aus.

„Woran dachten Sie eben, Fräulein Maria? Es muß etwas sehr Schönes gewesen sein. Sie sehen so heiter und gelöst aus", sagte er leise.

„Ja, ich dachte auch an etwas Besonderes. Aber das bleibt mein Geheimnis", erwiderte Maria lächelnd.

„Ich habe aber auch ein Geheimnis und verrate es Ihnen nicht; Sie müssen schon selbst darauf kommen. Soviel kann ich aber verraten: Ich bleibe nicht mehr lange hier in Krottken."

Er sah, wie Maria blaß wurde. „Das darf nicht wahr sein", sagte sie erschrocken. „Sagen Sie, daß es nicht wahr ist und daß sie nur gescherzt haben."

„Erst verraten Sie mir, was für ein Geheimnis Sie haben!" sagte er bittend und sah sie mit seinen guten, etwas kurzsichtigen Augen fragend an.

„Also – ein Geheimnis ist es eigentlich gar nicht. Ich wollte nur nicht damit herausrücken, weil es Sie betrifft. Ich dachte gerade daran, wie froh wir alle sind, Sie hier zu haben, daß es ohne Sie gar nicht mehr ginge! Nun ja, überhaupt –" Maria brach ganz plötzlich ab und wurde feuerrot.

„Und überhaupt – was wollten Sie noch sagen, Maria? Bitte, sprechen Sie weiter! Es hängt viel davon für mich ab!"

„Sagen Sie mir erst, was mit Ihnen los ist", wollte Maria wissen. „Wenn Sie wirklich von hier fortwollen, dann ist das alles andere als ein schönes Geheimnis!"

„Ich habe kein Wort davon gesagt, daß ich von hier fortgehen will. Ich sprach nur von Krottken. Nun, ich will nicht länger drumherum reden, Sie sollen es als erstes weibliches Wesen erfahren. Bisher habe ich nur mit Ihrem Vater darüber gesprochen. Ich habe vor, meinen Wohnsitz von Krottken nach Woreinen zu verlegen. Wenn alles so klappt, wie ich es mir vorstelle, dann kann noch in diesem Jahr mit dem Bau eines Arzthauses begonnen werden."

„Ist das wahr?" Maria konnte diese gute Nachricht noch gar nicht voll erfassen. „Für uns Woreiner wäre es wunderbar, wenn wir unseren Doktor im Dorf hätten. Aber ist das überhaupt möglich – und was werden die Krottker dazu sagen?"

„Die werden den Weg nach Woreinen schon finden, wenn sie mich brauchen", meinte Dr. Reimann lächelnd.

„Woreinen hat für mich den Vorteil, daß es zentral liegt. Auch auf der anderen Seite des Sees gibt es Dörfer und wohnen Menschen, denen ich helfen kann. Da ist nur noch eine Schwierigkeit. Ich habe einen bestimmten Platz im Auge, direkt am See, wo ich mein Haus gerne hinbauen möchte. Nun hängt alles davon ab, ob der Eigentümer mir das Stück Land verkauft!"

„Um welchen Platz handelt es sich denn? Sie bekommen bestimmt jedes Stück Land, das Sie haben wollen", sagte Maria mit Überzeugung.

„Also haben Sie nichts dagegen, Fräulein Maria?"

„Ich, wieso ich? Das hängt doch nicht von mir ab", erwiderte Maria, die noch nicht begriffen hatte, worum es ging.

„Doch, allein von Ihnen!" erklärte Dr. Reimann. „Das Land gehört Ihnen, hat mir Ihr Vater gesagt. Da Sie in diesem Sommer mündig werden, entscheiden Sie als Erbin!"

„Dann ist ja alles klar – von mir können Sie jedes Stück Land aus unserem Besitz sofort haben!"

„Ich habe diese Antwort erwartet. Aber da ist noch etwas, eine Frage an Sie, die mir wichtiger ist als alles andere!"

Er nahm ihre Hand und hielt sie fest in der seinen.

„Maria", sagte er ernst, „ich weiß, daß Sie vor nicht allzu langer Zeit eine schmerzliche Enttäuschung erlebt haben. Deshalb sollte ich mir eigentlich noch Zeit lassen mit meiner Frage. Aber so wie der Winter jedes Jahr vorübergeht und die Natur sich immer wieder erneuert, so ist auch des Menschen Herz fähig, neu zu hoffen und zu lieben. Als ich vor einigen Jahren aus der Großstadt hierherkam, betrachtete ich meine Landpraxis nur als eine Übergangslösung. Heute fühle ich mich dieser Landschaft und seinen Menschen tief verbunden und denke nicht daran, hier fortzugehen. Warum es mich immer wieder nach Woreinen zieht, werden Sie vielleicht ahnen. Wenn ich mich in absehbarer Zeit ganz hier niederlassen werde, so kann ich mir keine andere Frau an meiner Seite vorstellen als Sie, Maria! Vielleicht komme ich mit meiner Frage zu früh. Dieser hoffnungserweckende Frühlingstag ist schuld daran. Auch Sie erscheinen heute so ganz anders, fast so froh und gelöst wie damals, als ich Sie lange vor Ihrer Erkrankung einmal sah."

Er sah sie erwartungsvoll an.

„Überlegen Sie es sich in aller Ruhe", fuhr er fort, als er nicht gleich eine Antwort erhielt, „ob Sie es auf sich nehmen wollen, die Frau eines Landarztes zu werden. Es wird nicht immer leicht sein. Ein Arzt muß Tag und Nacht für seine Patienten da sein, auch seine Frau muß auf vieles verzichten können. Trotz allem, Maria, welch schönes, erfülltes Leben könnten wir gemeinsam haben!"

Maria brauchte eine Weile, bevor sie antwortete:

„Ich kann mir ein Leben an Ihrer Seite gut vorstellen. Sie bedeuten mir ebenfalls viel. Aber reicht es aus, um eine Ehe darauf aufzubauen? Sie wissen, daß mir vor nicht langer Zeit ein anderer Mann nahestand. Trotz allem, was geschehen ist und heute zwischen ihm und mir steht, werde ich ihn wohl niemals ganz vergessen können. Das muß ich Ihnen ehrlich gestehen."

„Maria, ich liebe Sie so, wie Sie sind. Uns allen bleiben Enttäuschungen und Leid nicht erspart, wir reifen gerade dadurch. Ich habe Ihnen gesagt, daß ich geduldig auf Ihre Antwort warte. Sie sollen nur wissen, wie es um mich steht. Überlassen wir das andere der Zeit!"

Sie ruderten über den See zurück. Kurt Reimann bestand darauf, jetzt selbst zu rudern.

Maria blickte gedankenversunken vor sich hin. Vor ihren Augen lag das Ufer, an dem sich das Dorf Woreinen entlangzog – dieses kleine Walddorf mit seinen niedrigen, strohgedeckten Häusern. Leichter Rauch stieg aus den Schornsteinen in den Frühlingshimmel hinauf. Dahinter lag der große, dunkle Wald, soweit das Auge reichte.

Aus der Entfernung erkannte Maria, daß sich unter den Buchen bei der Badestelle das junge Volk von Woreinen versammelt hatte, wie an jedem Sonntagnachmittag im Frühling und Sommer.

Nun drang, vom Wind getragen, der Gesang der Mädchen zu ihnen herüber – sie sangen ein Frühlingslied.

Wie liebte sie die Menschen ihres Dorfes, wie fühlte sie sich mit ihnen und ihrem Schicksal verbunden. Einmal – es war noch nicht lange her – hatte sie geglaubt, Werner zuliebe alles aufgeben zu können. Heute wußte sie, daß sie hierhergehörte.

Es hatte ihr wenig ausgemacht, als Werner Herbst vor einigen Wochen Sonja von Bronski geheiratet hatte.

Obwohl sie, nur durch den See getrennt, nicht weit voneinander entfernt lebten, lag heute eine Welt zwischen ihm und ihr. Seit ihrer Wiedergenesung konnte sie ohne Groll und Schmerz an das Vergangene zurückdenken. Sie wußte, das Leben hatte andere Aufgaben für sie bereit. In diesem Augenblick erkannte sie, was für ein erfülltes Leben sie an der Seite Kurt Reimanns führen würde.

Nun ließ Reimann die Ruder sinken und zeigte zum Frühlingshimmel. Es rauschte über ihnen. Im langgezogenen Dreieckszug flogen Kraniche ostwärts. Gerade über ihnen löste sich ein Brutpaar aus dem Zug und flog zum Woreiner Wald.

„Unsere Kraniche kehren wieder", sagte Maria leise, und ihre Stimme klang bewegt. „Nun ist der Frühling wirklich da!"

Sie sah Kurt Reimann mit einem Blick an, der Wärme und Vertrauen verriet, aber auch noch etwas anderes, das ihm eine klare Antwort auf seine Frage gab.

Inhaltsverzeichnis

HUSUM

HUSUM DRUCK- UND VERLAGSGESELLSCHAFT
Postfach 1480 · 2250 Husum